●納税、のち、ヘラクレスメス　のべつ考える日々

●品田遊

●朝日新聞出版

はじめに

日記をつけ始めて6年以上になる。休んだ日はない。1日あたり平均1500文字を打ち続けた。文字数に変換すればおよそ330万文字。単行本なら22冊は出せる計算である。そんなにたくさんの文字をコンスタントに書いてきたにもかかわらず、私の執筆はとても遅い。

何をするにも多大な時間がかかる。予定が前倒しで進行したことは一度もない。この書籍の出版計画にしてもそうだ。スケジュール通りに作業を進めていれば、半年以上は早く出版できたはずなのだ。

遅れに理由はない。ただ書けなかった。メールボックスを開く、それだけの工程に1週間も2週間もかかってしまう。納品が済んでも作業は終わらない。請求書の作成に保存に、やることは山積みだ。いずれもうまくいかない。時々ノーギャラの依頼を受けると、少しだけ心が軽くなる自分がいる。請求書を用意しなくていいから。

遅延に理由はなくとも、遅延の責任は私にある。今日も社会は絶え間なく前へ動き続けている。その一員として私も歩みを止めるわけにはいかない。理性でわかってはいるのに、周囲をとりまく空気は液体糊のように重い。

つくづく私は、時間の中を時間とともに流れていくのが不得意だと思う。この現在は明日を引き寄せるために使うべきなのに、現在を現在のためにばかり消費している。

本をつくるにあたって過去の日記を読み返した。「仕事が遅れている」「どうしても書けない」という言い訳がましい言葉が頻繁に目に飛び込んでくる。今の私から見ると、過去の己の悲鳴も他人事《ひとごと》のようにしか感じられない。何、ねむたいことを言っているんだと思う。しかし、当時の自分にはその弱音が必要だったのだろう。この閉塞した現在にあえて留まることを、日記というツールは許してくれる。だから私は日記を書き続けてこられたのかもしれない。

今夜も立ち止まり、出口のない現在にぐりぐりと点を打つ。それはいずれ、途切れ途切れで不格好な一本の線になる。私はそうやって時間を進めるしかないようだ。

● 目次

●イキモノタチの章

納税、のち、ヘラクレスメス　のべつ考える日々

●モノモノの章

たいていの日記は夜に綴《つづ》られるが、日中の疲れが文章に反映されることは避けられない。それってなんだか、総括される1日に対して失礼なんじゃないか。疲れているのは日記を書いている現在時点の都合であって、その疲れた体によって記述される過去そのものにはなんの罪もないのだから。

人の日記を読んでいても、全般的にけだるげな雰囲気を帯びているような気がするが、やっぱりこれは、単純にそれを書いている現在において書き手が疲れている、というだけのことではないか。朝起きてすぐに日記を書くような習慣なら、情報は同じでも語り口はだいぶ変わるはずだ。

どんな文章でも、その「文章を書いている現在」が裏側に張り付いていると思うと妙な感じがする。「国境の長いトンネルを抜けると雪国であった。夜の底が白くなった。」という文章を書いている、その瞬間というのが歴史上のどこかに「現在」の形をしてあったはずで、書かれた文章にもなんらかの形でその温度が移っているのではないか。

鼻

片目をつぶって、眼球を下に向けてみる。自分の鼻の先がかすかに見える。眼鏡の鼻あても見える。鏡を使わなくても自分の鼻は見られる。

鼻を直接見ながら指で鼻の先を押さえてみる。すると、ゴム製のおもちゃをつついているようで、なんだか変な感じがする。これが子どもの頃から不思議だった。ただ前を見て鼻をさわるのと、視界に鼻をとらえたまま鼻をさわるのとでは、触感のニュアンスが変わるのだ。なんなんだろうこれは。お前も本当に自分なのか。

絆創膏

今日は料理をする撮影をした。片付け中に包丁を洗っていたら、刃物を持っていることを忘れて親指で刃を強くなぞってしまった。一直線の傷口から玉の形の血が滲《にじ》み出てきた。「あ、切った」と思って、周囲にそれを知らせようとして「いや、人に言うほどでもないか」と考え直し、コソコソ隠していたら「あれ⁉　血ぃ出てない⁉」と同僚に一瞬でバレて、洗い物を代わってもらった。私はそれを見ていた。なんか自分、４歳みたいだなあと思って、ちょっと落ち込んだ。会社に置いてあるキティちゃんの絆創膏《ばんそうこう》を巻いた。

ハンバーグ

また高速バスで2時間かけて「炭焼きレストランさわやか」に行ってしまった。「さわやか」は静岡県にチェーンを広げる人気ハンバーグレストランだ。休日は6時間以上待つこともある。牛肉100％の丸々としたハンバーグが名物で、静岡以外にもファンがたくさんいる。私もそのひとりで、年に何度か休日を利用して静岡に足を運んでいる。

通い詰めるのはもちろん味がおいしいからなのだが、それだけではない気がする。なんというか「さわやか」は、存在そのものが「ちょうどいい」のである。「なんかどっか旅行したい」という欲望はあっても、具体的にどこに行きたいというプランまでは考えていないことは多い。行きたい場所があるのではなくて「ここ」を離れたいだけなのかもしれない。とにかくちょっと小旅行する理由がなんでもいいから欲しいわけだ。

そんな状況にあって「東京から2時間かければ行ける、ハンバーグが特別うまいお店」の存在は、あまりにもちょうどいい。たとえば絶景夕日スポットとか打ち上げ花火会場みたいな観光地は「行ってもガッカリするかもしれない」という懸念がどうしても付きまとう。天候不良で台無しになったり、加工された写真に騙されて実物はたいしたことなかったり、というリスクは拭えない。

でもハンバーグはどうだろう。もちろん期待を超えてこないことだってあるだろうが、それでもうまいには違いないのだ。「さわやか」に行くこと自体が私にとっての小さな冒険であり、日常からの逃避であり、そして何より「うまいハンバーグを食べる」という確実な幸福を約束してくれる。

ジュージューと音を立てながら運ばれてくる、熱された鉄板。真ん中で鎮座する、丸々と太ったハンバーグ。ナイフを入れると、中から溢れ出す肉汁。口の中に広がる肉の旨みと、炭火焼きの香ばしさ。ああ、来てよかった。

だが、この瞬間のために生きていると言ったら、それは過言である。過言なのだ。しかし、どこかに行きたい気持ちはすでに満たされている。日はすでに傾いているし、ハンバーグはおいしかったし、私は、今日という1日をやり過ごすことに成功したのだ。

ぬいぐるみ

家にあるレストクッションは、ちょうどくまのぬいぐるみを胴体で両断して下半身だけ残したような形状をしている。一見すると奇妙だが、ちょっと腰にはさんだり、ひざの上に載せたりしやすく、想像以上に活躍してくれていた。

購入から数年が経過して、なんだか全体的にフォルムがくたびれてきた気がする。こころなしか皮もダルダルになっている。たまに内蔵物と思われるビーズのつぶみたいなものが床に転がっている。徐々に中身すら減ってきているようだ。洗濯は不可らしい。こいつを捨てるべき状況証拠が次々に揃ってきた。捨てるか。捨てた。なんの躊躇《ちゅうちょ》もなく。

そういえば、片付け術で有名な近藤麻理恵（こんまり）氏が言っていたことを思い出した。捨てにくいぬいぐるみは、ガムテープで目を隠すと心理的抵抗が薄れるのでオススメなのだという。それを踏まえてみると、このクッションはまさに「心理的抵抗を薄くする」ためのデザインなのではないだろうか。

これ、ひざに載せているときの感触や感覚は、完全に「くまのぬいぐるみ」のそれである。愛着もそれなりにあったし、可愛いとすら感じている。でも、レストクッションにはぬいぐるみにとって大事な「顔」がない。そのおかげか、捨てるときの心理的抵抗はかなり少なくなっている。もしこれを見越して「顔のないぬいぐるみ」を作っていたのだとしたら、ちょっと戦慄する。

イデアのゆりかご

No.01　マスキング・グッド・バイ

クッション

クッションが、ほしいのだ。ほしいのだった。

居間でごろごろしながら本を読んでいるとき、硬いクッションや小さくてペラペラのクッションしかなく、どの姿勢をとっても微妙に収まりが悪い。もっとリラックスできる姿勢をとりたい。座椅子や新しいクッションが必要だと思った。

いろいろ調べた結果、無印良品の「体にフィットするソファ」が良さそうだとわかった。ふやふやのわらび餅みたいなビーズクッションで、通称「人をダメにするソファ」と呼ばれている。

無印の実店舗に行ってみたら座って試せるやつがあった。しかし試すまでもない。これはでかい。写真の印象よりでかすぎる。家に置いたらルネ・マグリットの「リスニング・ルーム」（部屋を巨大な青りんごが満たしている絵）みたいになってしまいそうだ。

と思ったら、横に一回り小さいサイズのデニム地タイプ「体にフィットするソファ・ミニ」が置いてある。こういうのもあるのか。ためしに座ってみたところ必要十分でちょうどいい。これにしようと決めるのに5秒もかからなかった。無印良品は痒いところに手が届く。

レジに実物を持っていく必要はない。布カバーをレジで渡すと、対応するビーズクッションを用意してもらえるらしい。私はデニム地のカバーをレジに持っていった。しばらくして、店員さんが巨大な段ボール箱を持ってきた。思ったよりも箱が大きい。膝を抱えて入れば私自身も梱包できるサイズの箱だった。クッションそのものは小サイズでも、箱に詰めたらかさばるのだろう。

持ち手をつけてもらい、頑張って持ち帰った。

いや「頑張って持ち帰った」という一行では足りない。死ぬかと思うくらい大変だったからだ。6キログラムを超える荷物を抱えて歩くのは、想像よりもずっと辛いことなのだった。自宅までの道のりがフルマラソンと同じくらい遠い気がした。腕につけているスマートウォッチの心拍計は130を超える数値を出していた。どう考えても配送にすればよかったのだが、衝動で動いているのでそんな発想は全くなかった。全身汗まみれで自宅へたどり着く。今なら『シーシュポスの神話』を読んで感情移入し泣けるかもしれない。

梱包をほどく。ようやく人ダメソファを取り出し、気づく。

これ、違うやつだ。

私は「体にフィットするソファ・ミニ」を買ったと思っていた。しかし、明らかにこれはでかすぎる。どう見てもこれは店頭で「いらんな」と思った普通サイズのクッションだ。だから箱もでかかったのだ。

なぜそんな間違いをしたのか。その理由もすぐにわかった。店頭に置いてある試用ミニクッションにかけられたカバーがデニム地だったので、私は近くにあるデニム地カバーを手に取った。しかしそれは「通常クッションのデニム地バージョン」だったのだ。

店員さんに一声かけてはいた。「あの、このクッションってその、置いてあった試しに座れるやつのその、小さいやつと同じですよね？」みたいなことを訊《き》いたはずだ。そのときの反応は「……？　あ、はい」というものだった。今思うと、あれは質問の意味がよくわからないままに答えた空返事《から》だったんだと思う。というか、従業員は悪くないのである。なぜなら、買うときにちゃんと「こちらの65センチのクッションでお間違いないですか？」という念押しもあったからだ。しかし私も「……？　あ、はい」と空返事していた。ミニサイズなのかどうかよく確認せずに買った自分に全責任がある。

一応、部屋に置いてみる。でかい。体を埋めてみる。やわらかい。もう一度眺める。やっぱりでかい。頭の中では「ビーズを小分けにしてゴミ袋に詰めて、ちょっとずつ燃えないゴミに出し続ければ、粗大ゴミのシール貼らなくて済むのかなあ」などという浅はかな考えが展開されていた。

一応、本当に欲しかったミニクッションのほうについてネットで調べていたら、あることに気づいた。

「ネット販売終了」

そう書いてある。もう新規生産をしていないようだ。じゃあ店頭にあったミニクッションは残り少ない現品限りの在庫だったのか。と思ったら「取り扱っている実店舗もない」と書いてある。どういうことなんだ。

思い起こすと、あの場に置いてあった在庫の山は全て大きく見えた。中身は通常サイズのみなのではないだろうか。カバーも普通サイズ用のものしか置いてなかった気がする。

つまり、あの売り場には、今は販売していない商品の試用品だけが設置してあって、もし気に入ったとしても買うことは絶対にできなかった、ということなのだろうか。あのとき店員さんにしっかり確認していたとしても、ミニクッションは手に入らなかったのである。まあ、その場合はくそでかクッションの入ったあほでか段ボール箱をばか運びして帰ることはなかったはずだが。

いろんな可能性が頭をよぎるが、いかんせん今の私は疲れていて、行動を起こす気力が残っていなかった。もう何もしたくない。ソファがなくても私はダメだ。

手触り

喫茶店で打ち合わせ。相手の肩越しに見える席にいるお客さんのPC画面が目に入った。「白味噌」のパッケージを画像制作ソフトで作っていた。私が仕事の話をしている間、その人は2パターンの「白味噌」パッケージを、見比べながらずっと微修正している。デザイナーなのだろう。

いずれあれが印刷された白味噌が店頭に並ぶのだろうか。いつかスーパーで見つけたら、ちょっとグッとくるのかもしれない。

売られているものたち全ての背後にこの世の誰かの「うーん」とか「アー」がある。世間に出たパッケージの数だけ、誰かの行き詰まりや腕組みが存在している。途方もないことだ。

1%

急にお好み焼きを食べたくなった。ネットで調べて出てきた近所の良さげな店に入ったら「すみません、今日はもういっぱいです」「待ちますけど、無理ですか」「無理す」と、けんもほろろな対応。

「店がいっぱいで入れない」という状態が嫌いだ。並ぶのは別にいいのだけど、入店そのものを拒否されると、本来の適切な「傷つき」より3％くらい多く傷ついてしまう。

ショボショボした気持ちを抱えて、近くに見つけた鉄板焼きの店に行った。運良く席が空《あ》いていた。出てくる食べ物はみんな美味しく、店員さんの対応もなんだか気持ちいい。常連とは楽しく喋るが、私のように陰気なタイプはそれを察してそっとしておいてくれる。放置にもテクニックがあり、私にはその腕がわかる。ここはいい店だ。

会計のときにもらったスースーする飴を舐《な》めながら、最初の店で入店を断られてよかったなと思った。ここはいい店だぞと予測して入るより、何も期待していないときに見つけた店がよかったときは30％うれしい。さしひき27％うれしい日だった。

傘

外出するときに天気を確認しない。普通は確認するということも最近になって知った。雨が降っているかわからないので「降ってる気がするかどうか」という曖昧な第六感に従い、傘を持ったり持たなかったりして出かけている。窓の外を見たり「ＯＫグーグル、今の天気を教えて」と言ったりすればわかることなのに、なぜかそれができない。

今日は雨が降っている気がして長傘を持って外に出た。雨雲は去り、一面の青空が広がっていた。使わない傘を邪魔がりながら出社したら、手から傘が消えていることに会社の前で気づいた。たしかに邪魔だとは思ったけど、永遠《とわ》の別れなんておれ望んでないよ。こんな調子なので同じ傘を1年以上使った記憶がほとんどない。

そういえば、コンビニの傘立てに挿しっぱなしのまま忘れ去られた傘って、いつ撤去されるのだろう。24時間営業だったら店を閉めるタイミングがない。よほど意識して傘の変遷を見ていないと「あの傘、ずっと挿さってるなあ」なんて気づかない気もする。深夜の、客がひとりもいない時間帯に片付けているんだろうか。それとも無限に溜まり続けていて、バックヤードに傘の山が築かれているのか。そこに私の傘は何本あるのか。

宝箱

人の心には小さい宝箱があり、その中にはいくつかの概念が大切にしまわれている。他人にとっては取るに足らないが、自分だけにとって重要であるようなものが収まっている箱だ。

私の宝箱を開けると、中には「冷えると固まるチョコレートソース」が入っている。製菓売り場に並んでいるやつ。アイスクリームにかけると、即座にカチカチに固まるチョコだ。スプーンで突くとひび割れて、アイスの輪郭を維持したままずるっと剝がれ、気持ちいい。

子どもの頃、バニラアイスを食べるときに親がそれを出してきた。みるみるうちに硬化する現象がおもしろいし、ただでさえ嬉しいアイスクリームにチョコがかかることで「スイーツ」にランクアップした感もあった。冷蔵庫からそれが出てくると「今日は特別な日だ」と思った。

大人になって、冷えて固まるチョコレートソースを使う機会が最近あった。本来の嬉しさをしのぐ高揚感をおぼえていることに気づいた。刷り込みに近い反射作用で、過去に経験した純粋な喜びが呼び起こされるのだろう。それが宝箱だ。宝箱には他にもいくつかのものがしまってある。

日本料理

タイに「ＯＩＳＨＩ ＧＲＯＵＰ（オイシ・グループ）」という大手日本食チェーンがあるということを知った。タイ全土にまたがる外食チェーンを数百店も有し、冷凍和食やドリンクなど幅広く展開しているらしい。創業者は中華系タイ人で、日本との直接的な関係はないという。

焼肉チェーンの名前は「ＮＩＫＵＹＡ」らしい。良い。シャブシャブと寿司の食べ放題チェーンは「SHABUSHI」という。シャブシ。良い。店内には回転寿司レーンがあり、流れているのはシャブシャブの具材なのだという。寿司は隅の方に並べてあってビュッフェ式に取りに行くのだという。なんでだ。逆だろ。行ってみたい。同じ形式のすき焼きチェーン「SUKISHI」も気になる。スキシ。良い。

自販機

自販機でコーラを買ったら、伊右衛門が出てきた。

取り出したら鮮やかな緑のボトルだったので脳が数秒間フリーズした。

お茶だ、と思った。お茶だ。あれ？　お茶だっけ？　いや、違うよな。コーラだよな。コーラのボタンを押したんだ。え？　伊右衛門？　なぜ？

なにかの間違いか？　そう思って、もう一回同じボタンを押して買ってみた。

伊右衛門が出てきた。

なるほどね。

コーラのレーンに1本だけ伊右衛門が混じってしまったのではなく、レーンごと伊右衛門になってしまっているというわけか。わかった。完全に理解した。よく見ると、コーラと伊右衛門は自販機の同列上の両端に位置している。おそらく左右を間違えて補充したのだ。よって答えはシンプル。伊右衛門のほうを押したらコーラが出てくるのだ。私は「伊右衛門」のボタンを押した。

　伊右衛門が出てきた。

新製品

　Appleの新製品発表放送をちらっと見た。新しいiPhoneが出るらしい。ここ数年、あまりスマホの話題でワクワクすることがない。「従来のチップより30％高速」と言われても、それがどういうことなのか全然ピンとこない。実例を挙げれば「YouTubeのショート動画を次々観られる」「ウマ娘の読み込みがより早くなる」とかそういうことなのであろう。そりゃ良いけど、ふーん、ではある。

　やっぱり、ガラケーからスマホになったときの「ボタンとか全部なくなります」の衝撃はすごかった。あの幻影を今も追ってしまう。ジョブズが過度に神格化されているのも、ガラケー→スマホ転換の現場にいたという理由が大きいだろう。

　メガネ型のGoogleグラス開発が頓挫してしまったのは、今でも残念だ。いかにも「スマホの次がやってきた」という感じだった。しかし、いまだにメガネ型デバイスが流行る兆候はない。

いっそ「画面ナシ」の新デバイスを大々的に発表してくれないだろうか。

それは画面がないのである。ただの「パッド」である。しかし、機械であり、入力はできる。板の上をタッチすると対応したコマンドが送信できる。ただそれを見る術《すべ》はないのだ。Twitterだってインストールすることはできる。ツイートもできる。しかしそれを通じて自分のツイートを読んだりタイムラインを見たりすることはできない。一方的に送信だけできるデバイスだ。

まあ既存のSNSなら他の端末から確認することもできよう。たぶん「おあばべ、どあていおあじょじふぃ」とか書いてあるんだろうけど。それよりは専用SNSアプリを強く押し出したい。

それは、文字を入力して送信するだけのアプリである。タイムラインやフォローなどの機能は「概念上は」存在しているとされる。しかし実際にそれを確認する方法はない。

通知はデバイスの振動により行われるが、それが「いいね」なのか「RT」なのか区別することはできない。だから何を意味する振動なのかは各々が勝手に解釈することになる。そもそも、アプリがインストールされているのかどうかを確認する方法もないので、自分が今そのアプリを操作できているのかもわからないのだ。しかし、どうせみんな自分の言いたいことを言いたいだけで、意見を精査して変わっていこうという気持ちなどないのだから、別にいいのではないか。それがＡＩ搭載の次世代端末、ｍｏＮＯｌｉｔｈ《モノリス》である。

市場価値

『あつまれ どうぶつの森』をやっている。村の一軒家でスローライフという触れ込みは表向きで、家のローン返済と買い物とそのための労働に追い立てられる、人間に内面化された資本主義を象徴するゲームだ。人があくせくするのに理由はいらないと気づかせてくれる名作である。

この村にはタランチュラが出る。物陰からカサカサと現れて、プレイヤーを攻撃して気絶させるので恐ろしい。

しかし市場価値はなかなかのもので、うれしい値段で売れる。コツをつかめば捕まえるのは簡単なので金策に重宝されている。飛行機で行ける小さい島には、タランチュラだけが大量に湧く「タランチュラ島（俗称）」があり、低確率で到達できる。一種のボーナスステージとされている。

また、タランチュラに遭遇する確率を上げることもできる。虫はランダムに湧くのだが、地面に穴を掘ったり木を切って減らしたりすることで虫の種類や出現場所はコントロール可能なのだ。これで相対的にタランチュラが現れる確率を上げられる。このようにタランチュラだけを増やして乱獲する攻略方法はプレイヤー間で知れ渡っていて、通称「人工タランチュラ島」などと言われている。

しかし、4月に入って事態は急変した。

ゲーム内の季節が冬から春になることで、登場する野生生物が変化したのだ。タランチュラは春でも生息しているものの、その他の生物が現れた。特に波紋を生んだのが「タガメ」である。

ゲーム内に同時に湧く虫の数は決まっていて、たとえば蝶が飛んでいたらそのぶんタランチュラの出うる枠がひとつ減っていることになる。よって、タランチュラ以外の虫がいたら駆け寄って即座に蹴散らし、新たにタランチュラが湧くのを待つのが一般的攻略スタイルとされている。ところが、4月から現れたタガメは水中にいるため、近くを走り回っても蹴散らせないのである。

タガメを減らすには捕まえるしかないが時間がかかる。しかもタガメの出現確率は妙に高く、タランチュラの出る機会をどんどん圧迫する。タガメを捕まえると次のタガメが出てくる状態だ。春を迎え、人工タランチュラ島作戦は実質的に崩壊した。

なので『あつ森』プレイヤーは激しくタガメを憎み、恐れている。そして遠くなってしまったタランチュラの再来を切望する状況にある。

タガメもタランチュラも、大抵の人にとっては「なんか気持ち悪い虫」でしかない。にもかかわらず、ゲームシステムが絡めば「タランチュラ＝価値の象徴」「タガメ＝悪魔」という図式が出来上がる。この状況が妙に面白い。みんなタランチュラを欲しがっている。もちろん私も欲しい、タランチュラ。その思いが高じ、先日ネットショップでタランチュラの干物を注文して、うどんに載せて食べた。味は普通だった。

サウナ

代官山から渋谷に向かって歩いていたら「改良湯」という銭湯を発見した。改良の、湯。おもしろい名前だ。モダンな建築で、いかにも渋谷っぽいというか、今風な雰囲気のアートが飾ってある。

興味をひかれて入ってみると、なんというか設備から何から、雰囲気が、若い。番台も若者たちが和気あいあいとした雰囲気でまわしている。

浴場は薄暗い間接照明。当然、壁絵は富士山ではない、何か抽象的な図形だった。ふたつある浴槽はライトによって真っ青とピンクに染まっており、リラックスした中年男性がムーディーに染まっていた。言わずもがな、ジャズっぽい音楽が流れている。

サウナ室に入る。ほとんど真っ暗に近い。もちろんテレビはない。ひな壇に裸の男達が並んで座っているが、顔は暗くて見えない。

唯一残っていた隙間を見つけて座ると、トレーニングウェアを着た男性が室内に入ってきた。

「ジュンペーアナコンダです。よろしくお願いします」

ジュンペーアナコンダが入ってきた。

誰かは知らないが、まさかジュンペーアナコンダが入ってくるとは思っていなかった。ジュンペーアナコンダは続ける。

「ゲリラアウフグースをします」

？？？？？

周囲の暗闇から拍手が聞こえてくる。これからジュンペーアナコンダがゲリラアウフグースをするらしい。私はサウナでただじっとしようと思っていたのだが、人生にはいろいろなことがある。

ジュンペーアナコンダは持ち込んだスピーカーの再生ボタンをおもむろに押した。

「……っせーら……っせーらー……っらっせーらー……」

それは、青森ねぶた祭りの音楽をテクノ調にアレンジしたものだった。

サウナ内の焼け石に水がかけられ、大量の水蒸気が立ち上った。そしてジュンペーアナコンダは両手にタオルを持ち、テクノねぶたに合わせて踊り始めた。

「らっせーらー！　らっせーらー！　らっせーらー！　らっせーらー！」

激しく、しかし正確に踊りながら、ジュンペーアナコンダはタオルを振り回す。狭いサウナなので、顔を何度もタオルがかすめていった。室内の熱い水蒸気がタオルによりかきまぜられ、強烈な「熱波」となって襲いかかった。

石にかけられた水にアロマが混ぜられているためか、燻製《くんせい》のように香ばしい匂いがたちどころに広がっていく。

「らっせーらー！　らっせーらー！　らっせーらー！　らっせーらー！」

「らっせーらー！　らっせーらー！　らっせーらー！」

踊るジュンペーアナコンダ。

「らっせーらー！　らっせーらー！　らっせーらー！」

「らっせーらー！　らっせーらー！　らっせーらー！」

水蒸気を受け止める、裸の男たち。燻製の匂い。

「らっせーらー！　らっせーらー！　らっせーらー！」

「らっせーらー！　らっせーらー！　らっせーらー！」

熱。

バス

バスに乗っていたら、うしろに親娘連れが乗ってきた。幼稚園児くらいの女の子は、さっきまで遊んでいた友達と別れた直後らしく、バスが発車するまでずっとぐずっていた。「さっきバイバイしたでしょ」と親が軽くたしなめる。すると、彼女はつたない言葉で反論した。それは要約すれば「さっきはバイバイと言ったけど本当はそんなの言いたくなかった」という内容だった。感情を言語化するうちに再び気持ちが高まったのか、泣き出しそうな声色になっている。

それでもバスは動き出す。結局その子は泣きこそしなかったが、親への当てつけのごとく「あーあ、人生つまんない」と言って嘆息していた。「つまんないつまんないつまんない。人生つまんない」と、何度も繰り返す。よほど不本意だったらしい。人生つまんないなぁー！

バスが走り始めてしばらくすると、その子は急に静かになった。諦めたのか、それとも疲れて寝てしまったか。

停留所をいくつか過ぎた頃、背後から大きな声が上がった。

「ねえ見て！　ハロウィンの骸骨！」

知らない子どもにはすくすく育ってほしい。

クレープ

まずいクレープを食べた。悲しかった。

たまに通る道にクレープショップがオープンしていて、ほう、こんなところに、と興味を持ったのだった。私はクレープが好きだ。迷わず注文した。

詳しい特徴を書くとどのお店のものかわかってしまうので伏せるが、普通のクレープとは違う材料のこだわりがあるらしい、たしかに特徴的な外見だ。5分ほど待って受け取った。人気《ひとけ》のない道をコソコソ歩きながらかじりつく。なるほど、味もふつうのクレープとは違う。スポンジケーキのような食感で、ほのかに塩気がある。これはおいしい。

しかし、ふたくち、みくちと食べ進めるうちに、違和感が少しずつ胃に堆積していることに気がつく。この感覚は一体なんだろうと怪訝《けげん》に思うも、クレープをかじり続けた。終盤、クレープの先端部分の、小さな三角形を食べようとしたあたりでついに違和感の正体がわかった。「苦痛」だ。このクレープ、まずい。

私はクレープの「最後のひとくち」が好きだ。折りたたまれた生地のふにふにした先端部分の丸みを「トロ」として何より愛している。なのに今回のクレープは、そのトロに近づくほどに苦痛が増していった。それはなぜか。バターだ。何か特殊なバターを使っているらしいのだけれど、下にいくほどバターが濃く染みている。というか、溜まっている。紙で作られた三角形の器の底に、とけたバターがタプタプと「バター溜まり」を形成しているではないか。終盤のクレープは驚異のあぶらっこさを獲得し、新品の工業用機械のように私の胃から食道に潤滑オイルを塗りたくっている。

また、最初は好ましく感じられたバターの塩気も、終盤に差し掛かる頃には「くどい」に変わっていた。ご飯も水もなしで塩辛を食べているような感覚だ。私は脂ものはかなり好きな方だが、だからこそ「あぶらっこくてしんどい」という感想を抱いたことがショックだった。しかもクレープで。

クレープ自体の品質は悪くないのだろう。できたてだったし、生地はサクサクした部分とモチモチした部分があっておいしかった。特殊なバターの風味が私の味覚と決定的に嚙《か》み合っていなかったのがよくなかった。

食べ終わってから数十分間「クレープが、まずい」という事実に打ちのめされて呆然《ぼうぜん》としていた。なにせここ最近「まずい」と言えてしまうようなものに遭遇することすらなかった。それがまさか「クレープ」の角度から襲ってくるとは。頭が事実を理解するまでに時間を要するくらい、私はクレープを信じていたのだと思う。

パターン

ＣｈａｔＧＰＴなど、文章生成ＡＩが発達してきた。プロンプトを工夫して遊んでいる。ＡＩが作った人間には予想できないような出力を読んで笑っていると、結局こういう「おもしろ」もパターンの集積にすぎず、メソッドに従えばいくらでも再生産が可能なんだな、と思う。

人間がおもしろがれる表現のパターンは想像よりはるかに限られている。笑える表現など、分類していけばほんの数十パターンの組み合わせとマイナーチェンジの繰り返しである。一見新しく見える表現手法も、既知のパターンの複合で説明がついてしまう。いわゆるシュールな笑いと呼ばれるものだってそうだ。

ちょっと冷めた目で見るモードになっているときは、何を見ても「パターン」に感じられて、退屈で仕方がない。作っている本人が自覚しているかどうかにかかわらず、一見すると荒唐無稽で斬新でも、それを確立させる手法は存在している。「創造性」など、人間の認知的限界が垣間見せる錯覚にすぎない。

ただ、最近は別の方向からこのことを考えるようになってきた。ある表現が既知のパターンの集積にすぎないという事実自体に、果たしてどれほどの意味があるのか？　という疑問が生まれたのだ。それは、パターン化されていることをつまらながる自分への疑念でもある。

何事にも適切な「視《み》え」のレベルというものがある。目の悪い人が裸眼のぼやけた視界で京都旅行をしても楽しめないし、顕微鏡を持ち出して清水寺や三十三間堂を見ても仕方がない。「どんな表現もパターンにすぎない」という嘆きには、京都を顕微鏡で見るのと似たバカバカしさがあると思う。全てはパターンに還元されてしまうけれど、それは概念の分解能を上げすぎなのだ。

映画を観ていると「この展開って、固有名詞が違うだけで前観たあの映画とほとんど同じじゃん」と気づくことがある。漫画を読んでいると「前読んだのと全く同じ種類のギャグ」に出会うことがある。そういうことに気づくと、白けるというかなんというか「結局はガワだけ取り替えた同じソフトウェアで機嫌を取られてるだけなんだなあ」という思いに支配されてしまいそうになる。けれどもむしろ、構造化してパターン分けすること自体が、個別のものごとに宿る豊穣さを見失う原因になっていないだろうか。「分析」による把握が、かえって理解を画一化してしまうのだ。だから、つまり、全ての作品が何らかの既存のパターンに依存しているとしても、その中で表現される個々のディテールやニュアンスはユニークであり、それ自体が価値を持っている。そう考えるべきなのだろう。

しかし、ことユーモアの領域においては、そんなに簡単に割り切れない。私が「おもしろ」にパターンを見出すと失望してしまうのは、その存在意義が「予想を裏切ること」自体にあると考えているせいではないかと思う。もしも原理的に全表現がパターンに還元可能であるなら、真の意味で「おもしろいもの」などありえない。その失望は、人間が物質であるのならそもそも自由意志など成り立たないではないか、と気づく感覚にも近い。

とはいえ、要素を細かくバラバラに捉えること自体が間違っているんじゃないかと、今日はあえて言いたい。たとえ手法が似通っていても、完成品が個別のものとして立ち上がっていることは明らかだ。それだけで十分にオリジナリティが示されていると「言える」。作曲するとき、誰も使ったことのない音符を使いたいと思うのは見当違いである。それは単に鑑賞者としてのセンスの欠如を示しているにすぎない。

空間

公営団地には、やけにちっちゃくてひとつも遊具がない公園が併設されていることがある。都市には開発区域の面積に応じて公園を設置する義務があり、その基準を満たすために造られた公園だと思われる。このように「制度上、仕方なく造らざるを得なかった空間」には、空間自体に気まずさのようなものが漂っていて少しおもしろい。

新宿区役所には図書館、正確には「中央図書館区役所内分室」がある。図書館と名前はついているけれど、蔵書は極端に少なく、ひとつの本棚に収まるほどしかない。なぜそれが図書館なのか、無意味なのではと思うが、意義はあるらしい。図書館や病院、学校などの施設があると、その半径100メートルでは性風俗業の営業許可が下りないのだ。新宿区役所は歌舞伎町にほど近い。少しでも近隣の性風俗店を減らすために形ばかりの図書館を造った……のではないか、と邪推されている。気まずい図書館である。こういう場所自体が「なんか、すいません」と頭を下げている気がする。

谷

私は常に「おしまいになる」ことをおそれている。おしまいになりたくないと思っている。これは健康や貧富とは別の尺度である。取り越し苦労なのだろうか。しかし周囲を見渡せば、たしかに「おしまい」の人は存在するし、私自身にその影がよぎるのを感じることもある。「おしまい」を定義するのは難しい。あえてざっくり言えば「自分自身のおかしな点を、自ら点検して修復するサイクルを作れなくなった状態」だろうか。

文章生成ＡＩに延々と出力させていると、あるポイントで「がががががががががが」や「で、で、で、で、で、で、で、」といった同一フレーズの繰り返しの状態に陥ることがある。一度そうなると、リセットしない限り正常に戻らない。なぜこうなるのか。

この種のＡＩは、文章の次に来るフレーズのうち最も確からしいものを計算して出力する仕組みだ。しかし、ときどき「で、」のあとに「で、」を続けるべきだと判断することがある。AIはその時々で妥当な続きを生成しようとするが、結果的に「で、で、で、で、で、」といった無限ループに陥ってしまう。

恐ろしいのはAI自身がそれを「おかしい」と絶対に気づけない状態のまま「よし、いい文章が書けたぞ」と思っている（実際に思っているわけではないが）ことだ。わからないままに局所的な最適解の谷に落っこちて、這い出ることができなくなってしまっている。これに似た現象は、人間の精神においても起きているんじゃないか。自分自身を参照元とした出力を繰り返していった結果、「で、で、で」のAIに似た状態に陥っている人を見たことがある。それぞれの人生には局所最適解の谷が口を開けていて、外側にある手綱をうまく握れないと、くぼみに足をとられて動けなくなってしまうのだ。

こういった状況に陥るのは、他者からのフィードバックを取り入れることなく、自分自身の狭い視野の中だけで思考や行動を完結させてしまうことが一因だろう。AIも人間も、外部からの新しい視点や情報を取り入れることで、ループから抜け出し、より良い結果にたどり着くことができる。しかし、そのプロセスを怠ると、狭い視野に囚われてしまう。

そういうループに陥りやすい危険な思考様式のひとつが「私がモテないのはどう考えても

お前らが悪い」精神だと思う。元ネタは同名の漫画だが内容は関係なく、ネーミングだけ借りている。

「モテないからモテたい」はいい。「お前らは間違っている」もいい。しかしそのふたつが合体して「私がモテない(承認されない)のはどう考えてもお前らが悪い」状態になると一気に「おしまい」の道をひた走ることになる。気がする。

この状態にある人は、大衆を軽蔑しながらも大衆からの愛を渇望している。それはどうやっても両立不可能なので、問題解決のための具体的な行動に繋がっていかない。「本当に『正しい/面白い/かっこいい/凄い』のは自分なのに、お前らにセンスがないから評価されないのだ」という、上から目線なのか評価され待ちなのかよくわからないスタンスは、外部というもの自体を侮り、軽んじる姿勢を作る。その結果、自分の出力を参照して再出力する方向に向かってしまう。

曲がりなりにも現実には迫力があり、ひとりの人間が簡単に一蹴できるほどくだらないものではない。その自覚を持っておかないと、視野がどんどん狭くなっていく。世間というものはそんなに上等なものか? とは常々感じるけれども、それでも一旦は正解を外部に置き、葛藤を繰り返しながらも前向きに「媚び」を試みる姿勢が、「おしまい」への道から抜け出すために必要だと思う。

自分というひとりの人間もまた、世間という巨大な集合から切り離された小さな要素の一部にすぎない。その内部だけで完結してしまうと、内面の土壌《どじょう》はやせていく。「お前らが悪い」と責任を押し付けるのではなく、いつか「お前ら」を出し抜いてやる、という形で、裏切りを内包した接続を志向するのが、個人的には好みのひねくれ方だ。

空洞

普段あまり通らない道を歩いて帰宅している途中、ビルの解体工事現場が目に入った。老朽化した建物は重機で真っぷたつに削り取られ、その内部はすっかりスカスカになっている。もはや残っているのは外殻の半分という、シルバニアファミリー状態だ。

そして、あることに気づいた。このビルは、私がよく通る道にあるビルを反対側から見たものなのであった。

ほぼ毎日、横目に見ていたビル。それが実は数日前から背後を重機に破壊され、ほとんど空洞化していたのである。全く知らなかった。私が眺めていたのは中身を食い荒らされた死体だったといってもいい。少しゾッとした。

誤配

熱が38・5度ある。熱よりも、無関係な筋肉痛に苦しめられている。

朝、全身の激痛で起きた。昨日ハチャメチャな運動をしたせいだ。ほんの少し体を起こそうとするだけで悶絶し、ベッドから立ち上がるまでに1時間くらいかかった。風邪に伴う関節痛などとは明らかに違う。ただただ筋繊維がずたずたになっているのだった。

受診のため外に出たときも、ほんの10メートル歩くだけで参勤交代と同じくらい苦しく感じられる。全身からキシキシと、油の足りない機械みたいな音が出ている気がする。

こういうときだけ、自分の体の「からだ性」を知る。特に何もなく健康であるということは、自分の体の形状や重さ、神経系統の連なりを意識しなくて済むということだ。ひとたび体調を崩すだけで、頭の中に頭蓋骨が埋まっていることや、皮膚の内側に神経が張り巡らされていることを強く意識する。「荷物」としての身体を持て余す。生きている限り精神的な存在になど永遠になれないのだ……と思う。

私の数少ない長所のひとつに「体調をかなり崩していても食欲が全く減らない」というのがある。今日は栄養ゼリーやうまい棒、サンドイッチ、ポカリスエット、ピスタチオのチョコレート、などを昼食にした。味はしっかりわかる。それでも夜になったらお腹がすいた。

ハンバーガーの出前を取った。

大量の中華が届いた。受け取ってしばらくしてから気づいたので、配達員さんを呼び止めることもできなかった。エビや醤油《しょうゆ》の香ばしい匂いが部屋に満ちる。こんな匂いが部屋に満ちるはずもなかった。

こういうときどうすればいいんだ？　と調べてみたら、カスタマーサポートに電話してくれ、と書いてあった。電話をかける。6分くらい繋がらず、保留音のクラシックが1周した。全国的に中華が届きまくってパンクしているのだろうか。やっとサポートの人と繋がって「こういうわけでして」と伝えたら平身低頭という感じで謝罪されてしまった。声色や言い方などを駆使して「ぜんぜん怒ってない感」を出す。普段怒られまくっているであろう職種の人と対話するとき、過剰に「いい人」を演じようとしてしまう。

もうハンバーガーショップは閉店してしまったらしい。料金は全額返金しますというので「中華はどうしたらいいですか」ときくと「それは廃棄していただいても、食べてしまっても」とのことなのでありがたくいただく。重ねて「申し訳ありません！」と言われ「いや、この中華おいしそうで気になってたので！」と余計なことを言った。これは社交辞令ではなく実際そうだった。ハンバーガーを食べる気満々だったが、いざ部屋に中華の香りが充満したら、それはもう中華のお腹になる。

全く食べる予定ではなかった中華を開け、パクパク食べた。普段なら頼まないであろうラインナップだ。しかしどれも美味しくてご飯がすすむ。キクラゲがコリコリだ。食べながら、私のもとに届かなかったハンバーガーの行方を想う。それはもしかすると、中華を待っている人のもとへ届けられたかもしれない。そっちの人も妥協してハンバーガーを食べただろうか。少しだけでいいから、そっちの人とメッセージでも交わしてみたいな。「ハンバーガー美味しかったですか」とか言って。こっちに来ちゃった中華はうまかったです。

どんな未来がきてもこういう誤配が起こる余地はあえて残しておいてほしいものだ。完全に、100％、正しく注文が届くような世界なんてぞっとしますね。そういう世界とはつまり、自分自身の判断が、一切のノイズなく反映されるような世界だ。それはちょっとキモすぎる。責任の10％を互いに押し付け合うような「のりしろ」があったほうがいい。

投資信託

投資信託というのをやっている。恥ずかしいことだが、やっているのだ。「将来のことを考えて絶対やったほうがいい」と同僚に言われて。

何もわからないまま口座を開設し、ただ貯金を移しておけばいいのか？　と首をかしげながらお金の一部を移動させ、なにか知らないが一番人気のあるらしい銘柄に突っ込んでいる。数字や文字がたくさん表示され、いろいろな質問に「はい」と答えたが、自分が何をやっているのか全くわからない。

その存在のことは普段忘れている。ふと「あれどうなったかな」と思い出して見に行ってみると、「総資産マイナス2％」とか表示されていて、お金が減っている。おお……減っている……と思う。その数日後に見に行ってみたら「総資産プラス1％」とか表示されていて、お金が増えている。おお……増えている……と思う。

なにこれ？　増えても減っても嬉しくも悲しくもない。だからなんなんだよ。これで合っているのかもよくわからない。投資のプロが言うには「素人が一生懸命考えて戦略的に短期的利益を取りに行っても、その道のエキスパートは素人の100倍考えて人生を賭けて投資してるんだから、勝てるわけない。放っておくのが正解」らしい。じゃあこのままでいいのかな。預けたお金が人知れず膨らんだり縮んだりしていて、みんな一喜一憂している。変なの。

江の島

昼過ぎに起きた。

寝転がりながら、あー、なんか今日は1秒も家から出ないまま、なんとなく日が暮れていくような気がするなあ……と思った。

その直感を否定するためだけになんの計画もなく江の島に来た。

東京から1時間半くらいで行けるので、思ったより手軽だ。

江の島は子どものとき親に連れられて来たことがある。江の島には「エスカー」という乗り物があると聞かされていた。「どんな形をしているんだろう、やはり銀色で流線形なんだろうか」と子どもながらに想像を膨らませたのだが、実際は有料のエスカレーターだった。登山のゴンドラの代わりにエスカレーターがあるような感じだ。騙されたと思った記憶がある。

久々のエスカーは変わらずエスカーだった。トンネルに囲まれているから眺望があるわけでもなく、ただのエスカレーター感がなおさら強い。壁にはコカコーラの広告が延々と並び、頂上にある自販機のコーラは相場より20円高い。これがエスカーだ。

将来になんの展望もないのに展望デッキから夕日を見た。「2時間半前までは家にいたんだよな」と考えるとなんか不思議な気持ちになる。もう大人なのに「大人だから好きな場所に行っていいんだな」と気づいて何度でも新鮮に驚く。

徒歩で行けるぬるい島のイメージがある江の島だが、適当に歩いていると足がすくむような絶壁が唐突に現れるので油断ならない。遠くの岩場に人がいて、水際でなんかしてた。それを高いところにいる観光客がみんなで見下ろしている。私の隣にいた人が「満潮になったらあの人死ぬんじゃないの」と言っていた。犬連れで来ている人もたくさんいた。たぬきみたいに太った猫もいた。イカやらなにやら貰《もら》いまくっているのだろう、毛がつやつやしていた。子どもが岩場を歩きながら「転んだら頭蓋骨を骨折して死ぬ」と言っていた。なぜか死にまつわる話をしている人が多い。

江の島はどこか非現実的だ。斜面にはおみやげ屋や屋台が立ち並び、年中無休の祭りムードが漂っている。行き交う人たちもどこか浮かれている。ここに忙しい人は、しらす丼屋の店員を除けばひとりもいないだろう。きょとんとした顔のコーギーを抱えて歩くお姉さん。フランス語で会話する外国人観光客。まだあと半分くらいあるのに「ここ登ったら頂上だよね」と言っていた、肩で息する高校生カップル。みんな世の中的な問題から切り離されたところにいるようで、かれらが幽霊に見えた。だから死の話が多いのか。

おみやげ屋に、江の島周辺のPR大使務める女性をイチオシする広告が張り出されていた。おじいさんの文字で「壇蜜さんに似ていますね‼」と書いてある。おじいさんにとって最大級の賛辞なのだろう。

9時ごろ帰宅。なんとなくクローゼットの片付けを始める。電化製品の箱をカッターでバラバラにして捨てまくったら、みっちり詰まっていたクローゼットがほぼ空洞になった。私は無を収納して家賃を支払っていたらしい。ああいう箱は立派だからなんとなく捨てにくいけど、ただの紙だ。知らず知らずのうちに権威に屈していた。新しいキャビネットに入れるものがない。引越し業者の名前入り段ボールをやっとバラバラにすることができた。ここまでくるのに6年かかった。

北区

めちゃくちゃ曇ってる空の下で、埼京線「十条」駅に来た。初めて足を踏み入れた駅だ。赤羽のひとつ南側。

「昔ながら」をそのまま絵にしたような商店街「十条銀座」がある。八百屋や肉屋など、チェーン店に頼らない下町っぽい商店が多く、歩いているだけでなかなか楽しい。

行列のできている鶏肉専門店（それがまず珍しい）があったのでなんだろうと見てみると、どうやらみんな「チキンボール」という揚げものが目当てらしい。1個10円。すごい。利益なんか出ないが、もう店の代名詞だからやめられないらしい。何十年も前から値段を変えてないんだって。その近くにある別の惣菜屋が「つくねボール」という鶏だんごを20円で売っていて「おや」と思った。かなりわかりやすく触発されているな。古き良き商店街でありつつ、内実はバチバチなのかもしれない。

十条には、いくら丼を食べに来た。専門店があるのだ。4色いくら丼を注文した。「紅鮭」「鱒《ます》」「黄金」「シロサケ」が食べられる。

紅鮭はいわゆる普通のいくらという感じ。鱒は甘めな味わい。黄色が際立つ黄金いくらは赤い色素の入ってない餌を食べて産んだいくらで、味の違いは正直よくわからない。

シロサケは、間違えて消臭ビーズを食べたと思うほどに弾力がある。頑張って歯を立ててようやく嚙める。弾けるときも「プチッ」じゃなく「バツン！」みたいな破裂感があった。ただ、それによって美味しくなっているのか？　というと、正直よくわかんねえなとは思った。美味しさでいえば紅鮭のいくらでも、まあ、全然いい。

商店街を抜け、歩いて赤羽方面へ。途中に巨大な滑り台や水遊び場などを完備したかなりいい感じの公園を発見。子どもたちが遊び狂っていた。得体のしれないおじさんが特殊な機械で巨大シャボン玉を量産している。子どものテンションもＭＡＸに高まって、ブリューゲルの絵みたいになっていた。原っぱで子どもが遊んでいるのを見ると、死の気配を感じる。

そのままひたすら歩いて歩いていったら、東京都北区赤羽。さらに北区を北上すると荒川が見えてくる。河川敷のグラウンドで複数の少年野球チームが練習試合をやっている。なんとなく荒川の橋を渡ってみたくなり、川沿いに西へ歩いていく。

人通りも景色の変化もなくヒマなので、Ａｕｄｉｂｌｅで本の朗読音声を聴く。少年野球を横目に、原始仏教の解説に耳を傾けた。ブッダが絶世の美女に言い寄られたとき「お前はしょせん糞尿の詰まった糞袋に過ぎない。手どころか、足の先でも触りたくないね」と言い返したというエピソードが語られていた。ブッダ、凄いこと言うな、と思っていたら「〝糞尿の詰まった糞袋〟は、ブッダが好んで用いた言葉でした」という補足があって、なんなんだコイツと思った。

気がついたら約15キロ歩いていた。とっくに埼玉県内である。そういえば足が痛む。ちょうど近くにスーパー銭湯があったので汗を流した。銭湯のジェットバスは、頭を載せる銀色の金属製まくらみたいな部分がめちゃくちゃ冷たくなっているが、あれはなぜなのだろう。

気持ちいいから？　そのためだけに冷たくしているのか？

高校生が湯船に浸かって映画の話をしていた。「スラムダンク見た？」「みてない」「めちゃくちゃよかった」「来年くらいに地上波でやるでしょ」「いや……そういうことじゃない」「コナン見た？」「みてない」「ワンピは？」

風呂と同じくぬるま湯のやり取りが心地よい。

そういえば、小学生ふたりが問題を出し合いながら歩いているのを見たな。「松はなんでしょう？」というラディカルすぎる質問に、「裸子植物」と即答している。裸子植物、なんだか懐かしい響きだ。

帰宅したら歩数計が2万5000歩を示していた。

香川県

2年連続で香川県に旅行している。特に理由はない。この調子だと来年も行くだろう。特に理由なく。

この話をすると必ずされる質問が「どこのうどんがオススメ？」である。私はそのたび答えに窮した。なんというか、個々の店の旨さもあるが、総体として「面白い」ことが香川のうどんのよさなのである。それを説明するのが難しい。その面白さは「特定の1店舗がめちゃくちゃうまい」みたいな説明では伝えづらい。

私は、香川で食べるうどんに「差」を見つける探検要素に惹《ひ》かれる。香川のうどんはどこも美味しいし、どこも全然違う。味も、購入システムも違う。前払いだったり後払いだったり食券制だったり、自分でうどんを茹《ゆ》でたりネギを切ったりする店もあるし、だし汁を自分で注ぐ店もある。老舗「須崎食料品店」では、並んでいる途中でうどんを手渡され、さらに進んでスーパーのような個人商店のレジに合流し、買い物客に混じって会計するという奇妙な体験ができる。うどん購入体験がまるごと店舗の個性を形作っているのだ。だから「この店はいったいどういうシステムなんだろう」と確かめたくなる。究極の一店舗を見つけたいというより、博物学的な興味でうどんが食べたくなってしまうのだ。『ゼルダの伝説 ブレスオブザワイルド』の祠《ほこら》と同じである。

なんでこんなに香川にハマってるのかは自分でもよくわからないが、気質に合っているのだろう。複雑な味のものよりシンプルでわかりやすいものが好きだし。

お椀形にこんもりした山がそこらじゅうにある地形も面白い。かつて存在した火山の名残でこうなっているらしいが、基本的に平坦な土地なのに、おとぎ話みたいな山がポンと置かれているのがコミカルな雰囲気を醸している。

おとぎ話みたいと書いたが『まんが日本むかしばなし』の演出・作画をした人は香川県出身だと今知った。もしかすると、ああいった童話的山村風景は、香川の景色が元になっているのではないか？　本当だった場合、日本人がなんとなく持っている「昔話の世界」のルーツは香川にあるといえるのではないだろうか。

自然

コンビニに行くついでに橋から川を遠巻きに覗《のぞ》いてみたら、ものすごい速さで水が流れていて圧巻だった。まだ氾濫《はんらん》する気配はないけれど、もしうっかり川に落ちたら絶対に助からないだろう。水って怖い。

こういうとき魚はどこで何をしているんだろう。魚って、どんどん下流に流されていかないのかな。上流に住んでる魚はずっと上流に生息してるけど、世代交代を繰り返すうちにみんなじわじわと海寄りに流されてしまわないのか？

山があまり低くならないのもずっと不思議だ。山を構成する岩石が転げ落ちて、減る一方な気がするのに、富士山の高さもほとんど変わっていないらしい。

イデアのゆりかご

No.02　浮遊体M考

搭乗

飛行機に乗るとき考えていること。

・「離陸の1時間前に着いてろ」って、めちゃくちゃなこと言うじゃん。
・この手荷物検査の感じだったら爆弾とか持ち込めるんじゃないか。
・外の土産物屋で吟味して買ったやつ、手荷物検査を通ったあとにある土産物屋でも売ってるのかよ。
・「ジェットスター」とか「ピーチ」という航空会社が数千円で飛行機を飛ばせることも、いつのまにかその存在が当たり前になっていることも、謎だ。
・成田空港駅に着いてからゲートまでの道のり、2キロくらいあるんじゃないか?
・飛行機の羽の真横の座席だと景色が見づらいし、墜落するとき爆発するエンジンを真っ先に見ることになりそうだしで、何も良いことがない。
・飛行機の羽に、なんか風を浴びてピロピロしてるプレートみたいな物があるんだけど、あれってそういうものなのだろうか。剝がれかけてる?
・飛行機が走り始めてから離陸するまでウロウロしてる時間長すぎる。
・飛行機が着陸態勢に入ってから実際に着陸するまでの時間も長すぎる。

・地上を加速していく飛行機がグッと速度を上げたとき「おっ、これ〝飛ぶやつ〟か？」と思うけど、いざ本当に〝飛ぶやつ〟になると今までの加速がお遊びだったと思い知らされる。
・飛行機が完全に離陸する前後は目をつぶって尻に意識を集中すると、接地していた部分が離れた感覚を味わえる。
・格安飛行機の座席は、布を貼ったパイプ椅子である。
・腰あたりのシートがかなり薄いから後ろの人の膝が当たって揉み毬みたいになっていた。
・一瞬停電するとき「〝死ぬやつ〟かな」と思う。たぶん本当に〝死ぬやつ〟のときは、こんなものではない。
・空港の広いフィールドで巨大な箱を連ねて引っ張っている車はちょっと楽しそう。
・機長っていつ降りてるんだ。

上空

フナキくん。お元気ですか？
私は今、本州の上空をゆく飛行機の中でこの手紙を書いています。

使い古された書き出しだけれど、ほんとうに私はフライトのさなかにいるのですから、この言い回しを使う権利がちゃんとあるはずです。

飛行機の中ほど手紙を書く場所にふさわしい場所はないと思いませんか。体をよじって窓をのぞくと、真下に星空が広がっています。街灯が闇にぽつりぽつりと小さな穴をあけ、下から私を見つめています。

ここで誰かに向けて言葉を紡いでいると、まるで私の方が思い出される記憶になったみたいな気がしてきます。ぶどう色の機体は薄曇りの空を背景にすると滲んでしまいますが、その中に私がいるのです。

私の病気のことは瞼《まぶた》おばさんから聞いてよく知っているはずです。できればフナキくんにはこのことを知られたくないと思っていたけれど、瞼おばさんは「本当に迷惑をかけてしまう前に言ったほうがいい」と諭します。でも前、一緒に由比ヶ浜へ水泳に行ったとき、フナキくんは私の脇の管を見てしまったのではないですか。勘の鋭いフナキくんのことだから、きっとそのときにわかっていたはずですよね。ブログにも、そのようなことが書いてありました。ジャイアンツの話題に見せかけていたけれど、あれは私のことですよね。あえて直接言ってくれなかったのは、不器用なあなたなりのやさしさなんだと思うことにします。

あの管は透明だから、普通の人には目を凝らさないとよく見えないんです。でも、フナキくんは頭がいいし、ちょうどあのときは悪い物が流し込まれて濁っていたから、きっと海の太陽が逆光になって、管のかたちが見えてしまったのでしょうね。

本当に恥ずかしいし悲しいです。幻滅されたかと思って何度も泣きました。焦げたトーストを吐いて絨毯《じゅうたん》に台形のシミがつきました。でも、私がフナキくんに言ったことは全部本当です。信じてほしい。泥の脳みそに、いろいろ悪いことを言わされていて、私は本当に迷惑しているんです。でも私はフナキくんがすきだから、頑張って頑張ってがまんしているんですよ！

客室乗務員の女の人から、炭酸のジュースを買いました。レモンが爆発してる絵が描いてあっておもしろいです。客室乗務員の女の人は、お台場のユニクロのスポーツウェア売り場で、私の管を引っ張った人と同じ人でした。整形していたけど、骨格と歩き方が一致してます。バレバレなのに、わざとニコッと笑ったりするのが腹立たしいです。バレてないと思ってるのかな。私って、そんなに頭が悪く見えますか。

炭酸のジュースが苦手なのを、ひとくち飲んでから思い出しました。お腹が張っちゃうんです。小さなゲップをしてしまいました。今、私が世界で一番高い位置でゲップをした人になるのかな？　それとも、宇宙空間で作業をしている人のほうが、高いかな？　ここで何をしても、きっとそのとき一番高いところでそれをした人になれるんですね。

フナキくんには、こっそり教えてあげますが、私はシンガポールに手術をしにいくんですよ。睑おばさんには「青い薬をもらいに行く」と嘘をついてるけど、本当は外科手術をするんです。あんな薬、なんの意味もない！　睑おばさんは父親がアル中で愛人の隠し子で、生まれたときに誰も受け止めなくて頭をぶつけて首がおかしくなったから、考えが曲がっています。だから、私の嘘に簡単に騙されます。それにおばさんも私に嘘をつきます。おばさんは泥の脳みその仲間だから、管の中身をどんどん濁らせようとしてます。気をつけてください。ドンキホーテのテーマソングを歌っているのはアイツです。

手術では、管を取り外すのだそうです。管と皮膚はネジで固定されていて、日本のドライバーではぜんぜん廻らないのだけど、シンガポールのドライバーは規格がちょうどぴったりだから、外れると言っていました。そんなことを知っているのは、さすがフナキくんだと思います。なのに睑おばさんは、青い薬をもらうと思ってるんです。あんなの、どこのコンビニでも売ってるのに。足が悪いから外の常識を知らないんだと思います。

さっきから頭が痛いです。気圧差のせいでしょうか？　頭蓋骨が割れてヒビから泥が漏れてきそうです。このままだとまっすぐシンガポールに行けないかもしれません。ときどき、消えてしまいそうに恐ろしくなることがあります。体のまんなかに硬くて小さな石があり、それが縮んでいく。そんなイメージです。それの大きさがゼロになると私が消えてしまうから、イメージの中で石に近づいて大きさを維持しようとするのですが、そうするとどんどん周りの宇宙が大きく大きくなっていって、それが私はこわい。きっと泥の脳が見せているのだけど、あいつは私が怖いものを知っているから。

フナキくん。フナキくんは、私のこの怖さをわかってくれますよね。私はときどき、全てが妄想なんじゃないかって思います。私は、フナキくんの妄想なんです。私は本当はいないんです。フナキくんの頭がおかしくなってしまって、それで生み出されたのが私なんです。

私はシンガポールに行けるでしょうか。また窓の外を見てます。もう何日も飛んでいるのにずっと夜です。下に広がる星空は街灯ではありませんでした。この飛行機は最初から逆さまに飛んでいたのだと思います。フナキくん。頼むから私を消さないでください。あなたの記憶でいさせてください。

総量

ラーメン屋の隅に積まれた段ボールに「割り箸　5000膳」と書いてあって、おお……と思った。5000膳の割り箸か。ひとりで使うとしたら、使い切るのに10年以上はかかるだろうか。生まれてきてからどれくらい割り箸を使ってきたのかわからないが、1日1膳は使っていないと思う。週に5膳と多めに見積もったら、年間250膳くらいか。じゃあ5000膳って20年分くらい？　思ってたよりもつな。

「人間は一生のうち25年くらいは寝ている」みたいな総量系の豆知識は昔から好きで、聞く度にゾクゾクしていた。25年寝続けて、そのあと60年間起き続けている人間を想像してしまうからだ。ラーメンにラードをとかす様子を見てから、出てきたラーメンを食べる。あんな脂の塊も薄めてしまえば案外こんなものか。

道路

できたての道路は黒い。このくろぐろとした道を見て初めて、普段歩いている道路がくすんだ古い道路であることを思い出す。

独立

紙の本を読んでいるとき、そのテキストが紙を隔てて世界から独立していることが不思議に感じる。私が接するほとんどの文章はインターネットに接続している。メールも、チャットも、LINEも、電子書籍もツイートも、みんなワンタップでネット上の言論と繋がれるように設計されている。それに比べ、物理書籍のなんと「閉じている」ことか。昔の本を読んでいると、おもしろさとは別の意味でドキドキすることがある。「そんなことを断定口調で書いたら炎上するんじゃないか?」と思うからだ。最近、紙の雑誌の編集者は「踏み込んだことを書いても炎上しませんよ」と言って作家を口説くという。

いつの間にか、ささやかなパーテーションで区切られた路上が世界の全てだと思いこんでいたらしい。ここはにぎやかで情報もすぐに集まるから便利だし、それはそれで愛着も深い。でも、締め切った密室で息をつく感覚は得られない。鍵アカウントも中から外の景色が見えるから、ちょっとしたテントくらいのものだろう。私たちは見渡す限り「公共」に囲まれている。著者と密室でふたりきりになり、その「偏り」に没入する読書は、贅沢な悪徳として生き残るのかもしれない。

棒

長い棒を持って走りたい。

長い棒を持って走りたいんだ。唐突でごめん。比喩とかじゃない。これは本当に。長い棒を持って走りたい、そのままの意味。

どれくらいの長さを想像してるか知らないけど、生半可な長さじゃないからな。高跳び用の棒なんかよりずっと長い。最低でも15メートル。いけるなら40メートルくらいあるとても嬉しい。そんな棒。太さは役所の手すりくらいで、質感はつるつるしている。先端は、三角コーンのトップみたいに丸みを帯びている。それを地面と平行に持ち、走りたいのだ。

ちなみに棒そのものはとても軽い。だから重くて持てないということはない。かといって、風船のようにスカスカな質量ではない。ものすごく長いのだが、手に持ったらちょうど辞書くらいの重みを感じる、くらいがベスト。

それの端っこのほうを、地面と平行に持つ。ちなみにこの棒は剛体なので、自重で歪んだりすることはない。40メートルあるが、地面から1メートルの高さで平行に握ったら反対側の先端も地面から1メートルの位置にある。質量が均等ではなく、握っている部分に重心があると考えてもよい。それを、持つ。

そして、走る。なるべく腕を振らず、棒が揺れないようにして走る。最初は小走り。速度が出てきたら、棒のブレを防ぐためにもう片方の手も使って握る。

前方に真っ白な壁が見える。壁は縦横にどこまでも広がっている。世界の果てを思わせる無限の障壁だ。ただ、ひとつ違う部分がある。よく見ると、壁の一箇所に黒い点があるのだ。

私は長い棒を持ったまま、その黒い点に向かって走り続ける。するとその点は「穴」であることがわかる。穴の直径は、奇しくも私が持っている長い棒の直径とほぼ同じに見える。私は一心不乱に走り、棒の先端を前方へ向ける。先端が穴に近づく。入るか⁉　ところが、棒は壁の穴の中心からほんの1センチほどズレたところに当たる。外した！　と思った瞬間、棒の先端が丸みを帯びていたことで滑り、カコッという音を立てて穴の中へ吸い込まれていく。40メートルの距離を経て、その振動は私の腕にも伝わってくる。そのあとはほとんど摩擦を感じることもなく、長い長い棒が穴の奥へと突き進んでいく。穴と棒の隙間はちょうど0だ。

ついに棒の全身が壁に収まる。私が握っていた側の先端は壁の一部となる。すると、その近くの壁から、丸みを帯びた突起が、ヌッ、と突き出てくる。私はその突起部分を握りしめ、力を込めて引っ張る。突起はズルズルと伸びていく。改めて両手でその棒を握りしめると、今度は壁から離れるように走り始める。ぬぬぬぬぬぬぬぬぬぬぬぬぬぬぬぬぬぬぬぬぬぬぬぬぬぬぬぬぬぬぬぬと棒が壁から抜けていく。走っても走ってもその棒が抜けきることはない。だんだん疲れて眠くなってくる。私は棒から手を放して、家に帰り、シャワーを浴びて寝る。

眼窩

昼寝をしていたら、夢を見た。

客船に乗っている。船首から船尾まで1キロメートルはあろうかという大客船だ。私は甲板で潮風を浴びながら水平線を眺めている。なぜここにいるんだったか。そうだ。たしか、日本から太平洋を横断してアメリカへ向かうチケットで乗船したんだった。この船、帰りの便は用意してあるのかな。なかったら、アメリカから自力で帰らないといけない。国際線のチケットなんて、買ったことないな、などと不安になっていたら、友人たちが現れた。彼らの顔は不明瞭で、いずれも見覚えがなかったが、どうやら私と親しい仲であるらしい。友人たちととりとめのない話をする。やがて、ひとりがこんなことを言い出した。

「この客船には誰もいないような気がする」

そんなまさか、と思うが、たしかに、周囲が妙に静かなことに気づく。穏やかな波の音だけが聞こえてくる。客船の賑《にぎ》わいがどれくらいなのかはわからないが、あまりにも静かすぎないか。友人たちを引き連れて甲板周辺を歩き回る。誰も見当たらない。

気づくと周囲は真っ暗になっていた。照明のスイッチを切り替えたように、あまりにも急な日没だった。

異常は他にもあった。船内に入れないのだ。ドアに鍵がかかっている。外は夜だというのに、船内に明かりがつく様子はない。やはり誰もいないのだろうか。だとしても、操舵手はいるはずではないのか。不安を感じながらも、私は友人たちを連れて船の外周を囲む細い通路を歩いた。携帯を見るが、圏外。太平洋の中心だから当然か。いや、そもそもここは本当に太平洋なのか？

黒い海と夜空の境目はとっくに溶けてしまっているのに、船の照明設備はひとつとして起動しない。私たちは携帯のライトを頼りにして船外の通路をおそるおそる進んだ。

ぎゅっ。

私の腰を、背後から誰かの手が抱いた。

私の友人だろうか。

「誰？」

問いかけても、答えはない。

私は振り向くことができずに立ち尽くしていた。が、背後の人物が動く様子はない。やがて意を決して、腰を抱く手を触ってみた。それが人間のものだとわかれば少しは安心できる気がしたのだ。手はやはり小さく、子どもの手みたいだった。そこに体温を感じて、少しだけ安心感をおぼえる。しかし、その本人からの反応がなにもないのは不気味だった。

手から腕を伝って肩まで触ってみた。やはり位置が低い。身長120センチくらいだろうか。首をなぞり、さらに上へ手を這《は》わせる。

小さなあご。顔を触られているというのに、背後の子どもらしき誰かは身じろぎもしない。あごから上に指を動かすと、柔らかい突起が触れた。唇だ。さらに上へ。小さな鼻。そして皮膚越しに、眼窩《がんか》の窪みを感じる。

顔をなぞりながら、指をさらに上へと動かした。

しかし、そこにあるかと思われた子どもの頭頂部は存在しなかった。私の指先は、再び眼窩の窪みをなぞった。

どういうことだ。答えはひとつしかありえない。

目の上に目が並んでいるのだ。

背筋がゆっくり冷えていく。それでも、私は手を上へ這わせることをやめられなかった。目の上に目。目の上に目。目の上に目。目の上に目。目の上に目。目の上に目。目の上に目。目の上に目。目の上に目。目の上に目。目の上に目。

起きたら夜の8時半だった。

消滅

ブラックフライデーセールで買った加湿器が届いた。思ったより大きくてゴミ箱に似ている。買ったものが思ったより大きいと思う頻度が、平均よりも高い気がする。スイッチを入れたら白い霧がポポポと出てきた。

しばらく加湿器をつけたまま過ごしたが、効果のほどはよくわからない。駆動中の機械に耳を近づけると「チャプチェ、チャプチェ」みたいな滴り音が内部から聞こえてくる。そういうものなのかと思う。チャプチェ。

数時間経った頃、ピーピーと音がして加湿器が停止した。フタを開けると1リットル以上入れたはずの水がなくなっている。それが全部リビングの中にバラまかれたとは信じられない。どこも濡れていないのに。

本当に加湿してるのかな?

「水を消す機械」なんじゃないか?

なんらかの原理で水をこの世から消滅させているだけで、実際にはぜんぜん加湿されていなかったらどうしよう。吹き出ている霧はホログラムによる演出。

冷蔵庫とか電子レンジは効果がわかりやすいからいい。明らかに冷えるし、確実にあたたまるから。加湿器が具体的に何をやってくれているのかは、なんとなく体感することでしか確かめられない。湿度計を使えばわかる? いや、それでも信じられないな。あいつら、加湿器とグルかもしれない。

イデアのゆりかご

No.03　蒸気を逸する

●イキモノタチの章

寄生虫

「いったいどうしたんだ？」と自分に問いかけたくなるくらい、ここ数年で一番の掃除欲が湧いてきている。机の端にどっさり積み上がっていた本を処分したし、壊れて放置していた古いパソコンとモニターの処分をリサイクル業者に依頼した。なぜか実家から持ってきたムサシ（ポケモンの悪役）のフィギュアも捨てた。今日に至っては、引っ越して以来3年間一度も手を付けてこなかったエアコンのフィルター掃除までしてしまった。いったいどうしたんだ？

掃除は大嫌いだが、フィルターについたホコリをはらうのはけっこう好きだ。指をぐっと押し当てて、そのまま平行に動かす。全面に層を成したホコリがめりめりと巻かれていって、細長いカタマリに変化する。完成したジグソーパズルを剝がすときに、端の方からめくって丸めていく気持ちよさに似ている。

そういえば、寄生虫のせいで性格が変わることがあるらしい。ちょっと前に食べた海鮮丼。あれか？　あれに潜り込んでいた寄生虫が自分の脳を操っているのではないだろうか。だとしたら……けっこうありがたい。几帳面な寄生虫のおかげで全部うまくいくならこんなにいいことはない。明日あたり、命じられるまま川に身投げしてたりするかもしれないが。

カマキリ

諸事情あり、小学4年生向けの道徳教科書を取り寄せて読んだ。掲載されていた『カマキリ』という話が妙だった。

通常、道徳の教科書に載っているのは、児童に自発的な反省を促し、より社会化されていくよう啓蒙するエピソードである。しかし、ときにその枠組みに収まらない味わいを持つ話が見つかる。

『カマキリ』はこんな話だ。学校の課題でカマキリの卵について調べることになった3人の小学生が、パソコンでカマキリについて検索する。サーチした結果「世界のカマキリ大集合」というサイトを見つける。しかし、アクセスしようとしたらそこは会員制サイトで、名前の入力を求められる。

「勝手に名前を書いたりしたらよくないって言われたよ」「でも下の名前くらいならいいよ、別に」と話し合い、不安を感じながらおそるおそる名前を入力する。すると画面に「会員登録ありがとうございました」と表示され、3人はゾッとするのだ。いつのまにか、保護者に無断で「世界のカマキリ大集合」の会員になってしまった……。

そしてその日は、ご飯の味がよくわからなかった。〈終〉

何だこの話は。

このあとどうなったのかは書かれていない。何事もなかったのかもしれないし、カマキリ閲覧料を要求する高額の請求書が届いたのかもしれない。カマキリの群れが家に来たのかもしれない。もやっとした不安だけを残して物語は打ち切られる。

会員制のカマキリのサイトというのが謎だ。濃度の高いカマキリマニアが運営しているんだろうな。個人情報を気軽に書いちゃダメだよという例え話なのはわかるけど、こんな状況設定を選ぶ必要あるのだろうか。まあ、エロサイトがどうこうみたいなことを道徳教科書に書くのが違うのはわかる。小学4年生はエロよりカマキリのほうが好きだ。「世界のカマキリ大集合」が文字通りの意味ではなく、特殊な嗜好を網羅したアダルトサイトである可能性もあるが。

よくわからないままパソコンをいじってたらインターネットの深みに足を突っ込んでしまい、ドキドキする感覚自体はよくわかる。変な部分がリアルでいい話だと思う。でもタイトルが『カマキリ』なのはおかしい。

バッタ

幼稚園に通っていたとき「いもほり遠足」に行った。

電車を乗り継いで、ものすごく遠くの畑に旅行したような記憶がある。でも今考えると、幼稚園児を連れていく行事でそこまで遠くに行くはずがない。せいぜい埼玉あたりだろう。夕方には帰宅していたし、23区内でもおかしくはない。

芋畑を借りてスコップで土を掘った。そのときの記憶はなにひとつ残っていない。いもほり遠足ならやっただろうという推測で書いているにすぎない。友達と何をしたとか、何を話したとか、芋を掘った記憶もない。持って帰って食べたのかもおぼつかない。私の幼稚園時代の記憶は全てこんな調子だ。もし読者に子どもを連れた旅行を検討している人がいたら「どうせ覚えてないですよ」と伝えたい。5歳のときに行ったハワイの記憶すらないのだ。

ただひとつ、いもほり遠足について深く刻み込まれた記憶がある。それがバッタだ。

たしか、いもほり体験が終わり、帰りのバスを待つ段になったときだ。草むらで遊んでいたら、ものすごくでかいバッタが飛び出してきた。慌てて捕まえ、興奮して周囲に「このバッタはでかい。でかすぎるのだが、どうか」と主張した。しかし大人たちは「バッタがでかい」というのがいかに一大事なのか理解せず、適当にあしらわれた。私は子ども心に大人を軽蔑した。その記憶も刻まれている。

まあ、せいぜい幼稚園児の感じる「でかい」だから、実際のところでかいバッタだったのかは怪しい。でも当時の私にとって、あのバッタのでかさは世界一だった。いもほりの記憶が全てブッ飛ぶほどに。

大人が子どもたちに思い出を作ってあげようと様々な工夫を凝らしても、子どもは意外と些細な部分を記憶に残しているものだ。内容の重要性や珍しさは記憶の残りやすさに必ずしも一致しないのだろう。「なんでこんなこと覚えているんだろう」というような、何気ない風景ばかりずっと心に残るのはなぜなのか。ハワイで見た海の記憶はないのに、ハワイの動物園にいたトカゲのことは今でも覚えている。

小学校中学年のとき、バスで栗拾いツアーに行ったことがある。これも栗を拾っているときの記憶は一切残っていないが、農園にアマガエルがいたことだけ鮮明に覚えている。捕まえて、同乗していた知らない小学生に「カエルいるよ」と見せたら、「ウワ……」と言われたことも覚えている。栗は拾った記憶も食べた記憶もない。

私がバッタとかトカゲとかカエルを好きなだけなんじゃないかという気がしてきた。

虫とり

終業後、会社の同僚数人と虫とりに行ってきた。目的はカブトムシだ。

東京都内に野生のカブトムシなんかいるのか？　いるらしい。調べるとそれらしき情報が何件かヒットする。しかし業者による乱獲を防ぐため、手慣れた人ほど場所を明らかにしない。断片的な情報を頼りにして、候補として浮かび上がってきた公園へ車を走らせた。

21時ごろに公園に到着する。

100円均一の虫かごと網を持って、懐中電灯で木々を照らしながら歩く。

セミがそこらじゅうにいる。最初は羽化中のセミを撮影して「おお～」とか「キレイ」とか言っていたものの、いつしか誰も何も感じなくなり、無視するようになった。たぶん、最終的に見たセミの合計は1000匹をくだらない。その日に目にした人間の数より多い。

目的はカブト・クワガタといった甲虫なので、そいつの好むクヌギやコナラを中心に探してみる。しかし全然見つからない。夏休み中の小学生に何度も遭遇する。そのうちのひとりはメスカブトをつかまえたらしい。いいなあ。

ライトを当て、樹木を一本一本点検し執拗《しつよう》に探すが、無数のゴキブリが張り付いている悪夢の木を見つけたくらいでなんの収穫もなかった。いつのまにか小学生も家に帰って寝る時間になり、周囲から人の気配も消え失せ、空気も涼しくなっていた。しかし諦めきれない。平日の夜中に同僚をかき集め、わざわざヤブ蚊に刺されながら森を歩き回って何もないのは悲しすぎるからだ。車をさらに飛ばして別の公園へ。

特にカブトやクワガタが取れるという噂はないが、さっきの公園より広く、さらに人間の気配がないところだ。とはいえ都心からほど近い場所である。強い風が木々を撫《な》で付けて「帰れ」と言わんばかりの音をたてた。不安が募る。凶兆かもしれない。

そしたら3分ほどでカブトのメスを発見した。なんか切り株の上に乗っていた。あまりに呆気《あっけ》ないのでみんなで声を出して笑った。これは期待が持てる。勢いに乗ってオスカブトも見つけたい。空気が上向きになったが、そのあとは特に収穫はなく、いたずらに時間が過ぎていった。途中で変なクモやカマキリ、コメツキムシなどさまざまな昆虫を見つけはしたが、肝心のカブトには再会できない。この頃にはセミを見ると怒りが湧いてくるようになった。

そろそろ日付が変わりそうだ。明日も仕事があるし、諦めて帰ろうというムードが漂い始めた。その瞬間！（CM入り）

（CM明け）諦めて帰ろうというムードが漂い始めた。その瞬間、いた！　なぜかスギの木の根元付近に、オスのカブトがくっついていた。時刻は0時きっかりだった。日付が変わると出現する仕様だったのかもしれない。さらに、その隣の木にはクワガタがいた。確変が起きている。同じ木の裏側にはメスのクワガタもいた。最後の最後になって、カブトとクワガタのオスメスをコンプリートしたのだ。

昆虫採集は射幸心をくすぐる。これは実質的に「ガチャ」だ。ソーシャルゲームではわずか1％未満の確率にすがって課金を繰り返すが、無数に出てくる「【R】アブラゼミ」の山が「【SSR】カブト」や「【SSR】クワガタ」を見つける快楽を増幅してくれる。終電は逃した。夏はまだ始まったばかりだ（車で送ってもらった）。

金魚

私の視力は右が0・1、左が0・08程度だ。測ったのはだいぶ前なので今はもっと下がっているかもしれない。金魚の視力は0・08だとつい最近知った。「目が悪くても、眼鏡さえあればなんとかなるだろう」と思っていたが「金魚並みの視力」と言われると、けっこうズシリとくるものがある。

ちなみに、金魚の視界は真後ろ以外はほぼ全方向が見え、さらに紫外線や赤外線といった波長の異なるビジョンも知覚できるという。

自分はといえば、目の前のテーブルに置かれた爪切りにいつまでも気づかず、延々と探している。視野は45度くらいしかない気がする。もちろん紫外線も赤外線も見えない。「金魚並み」どころか「金魚以下」だ。万物の霊長とかいばっておきながら、視覚は小魚に劣る。幸いなことに、知能はおそらく金魚以上なので、そっちでカバーしていきたい。眼鏡だって持っている。負けたくない。

|鴨

池のある公園に行き、鯉《こい》や鴨《かも》の様子を眺めていた。

鴨はなんとなく群れて行動しているが、鴨同士が近づきすぎるとそれとなく距離を取る。鴨なりのパーソナルスペースというのがあるらしく、その調節が均衡したところで浮かんでいる。群れてはいるが頭の向きなどもバラバラで、連携のようなものは全く見られない。

たまに喧嘩をしている。縄張り争いなのか、交尾を迫っているのかわからないが、ある鴨にターゲットを定めた鴨が執拗に追い回し、追われた方もむかっ腹が立ったのか応戦、どつき合っていた。しかしあのくちばしだとつっついても大したダメージはないだろう。あまり闘争に向かない体型である。

やがて追われる鴨のほうは嫌気がさしたのか、遠い方へスッと泳いでいった。相手を失った追う鴨のほうも、数秒ポカーンと口を開けたのちに餌を探しに行ってしまった。それから数十秒。互いに相手のことなどもう忘れているのだろう。人間から見ると鴨はどれも同じに見えるが、もしかして鴨にとってもそうなんじゃないか。そもそも、鴨が鴨を見分けてなにかメリットあるのかね。オスメスの違いだけわかればいいんじゃないのか。

見ていた感じ、鴨くらいの知能が自分にとって理想かもしれない。生まれ変わるなら鴨が第一候補だ。

もしも、適度に知能を低くする手術があったらとたまに考える。ものごとを深く考えたり、過去を振り返ったりする内省能力が著しく下がるかわりに、未来を心配して悩んだりすることもなくなるのだ。単純作業くらいはできるので、生活自体はやっていける。もちろん選べる仕事は大幅に減るが、そのことを不満に思ったり劣等感を感じたりすることは滅多になくなる。たまに不満を抱いてもすぐに忘れてしまう。そんな手術を積極的に受けたいと思う人はどれくらいいるだろうか。

安楽死の選択権についての議論がたまに話題にのぼる。でも、死ぬ以外に「人間性（とされるもの）の大半を失った状態で生き続ける」という選択肢もあるのかもしれない。この発想には安楽死よりも強烈な拒絶反応がかえってくるだろう。安楽死が死を通じて守ろうとする「尊厳」を真っ向から否定するものだという人もいるかもしれない。ここには安楽死問題とはまた別の観点で興味深い問いがあると思う。

なんの話だ。

鴨だ。

カラス

ノイズキャンセルを突き抜けるカラスの鳴き声。

街路樹に目をやると、何羽ものカラスが木の周辺を飛び回っている。その動き方はせわしなく、傍目《はため》にも余裕がないのがわかる。そういえば同僚の誰かがカラスに襲われたと最近話していた気がする。産卵期のカラスは気が立っているのだ。あまり目を合わせずやり過ごそう。

と、思った瞬間だ。

ざわっ。

「もう遅い」と本能が直感した。何か明確なシグナルがあったわけではない。しかし、その場にいる全てのカラスから「敵」として認識されたのを皮膚が感じ取っていた。

慌てて身をかがめるが、それとほぼ同時にカラスたちは臨戦態勢に入った。私の上空を旋回しながら飛び始める。太く荒々しい鳴き声が響き、頭上で空気が動く気配がした。そして、私の頭頂部を「ガッ」となにかが乱暴にどついた。それは鳥とは思えないほど強い勢いだった。普通に、かなり痛い。

しかも、数羽のカラスはチームを組んでいる。1羽が頭を攻撃したら旋回して定位置に戻り、間髪を入れずに別のカラスが急降下して頭頂部を蹴るダブルヒットアンドアウェイ方式。長篠の戦いにおける鉄砲戦術のようだ。

頭をさらに低くかがめる。「助けて～！」と心の中で叫びながら小走りで走り抜け、なんとか奴らのテリトリーを抜けた。振り返ると「二度と近づくな」とばかりに敵意の籠もった「カー」が返ってきた。

ひどい目にあった、と頭をさすりながら歩いていると、向こうから通行人がやってきた。ここはそれなりに人通りの多い道なのだ。このままだと彼はカラステリトリーに向かうことになるが大丈夫だろうか？

今思えば声をかければよかったと思う。しかし「この先、カラスが襲ってくるので気をつけてくださいね」とRPGの町人みたいなことを見ず知らずの人に伝えるのも怪しいかな、と躊躇《ちゅうちょ》し、言いそびれてしまった。

すれ違った通行人はそのままカラスエリアに突き進んでいく。そして案の定、何羽ものカラスが彼の頭上を飛び交い、私にしたのと同じような攻撃を加え始めた。頭上で旋回し、急降下して脚で頭頂部を蹴る。これを数羽のカラスがタッグを組んで連続で行う。改めて横から見ると、チームプレイの完成度に驚くばかりだ。哀れな人間は頭を手で守って走り、這々《ほうほう》の体で逃げていく。1分前の私と全く同じだ。あのカラス、ここを通る人間全員にあれをやっているのか。

のちにネットで調べたら、巣を守るのはつがいのカラスなので、2羽以上で襲ってくることはないと書いてあった。でも、さっきは3羽以上いたような気がする。複数世帯の巣があったのだろうか。あるいは動きの速さと恐ろしさで錯覚しただけなのか。

翌週、その道を通ったらカラスの声は全くしなくなっていた。周辺を飛んでいる様子もない。自治体に巣を撤去されたのだろう。

｜鹿

「ＪＲがシカの死骸撤去、乗客に手伝わせる」（2018年12月4日　共同通信）

こんなニュースを読んで、ＪＲ職員と乗客が巨大な哺乳類の死骸を一緒に運んでいる様子を思い浮かべた。

午後。肌寒い、緑に囲まれた道を電車が走っている。私――30代くらいの女性――は、今日は帰ったらシンクの掃除をして、風呂場のマットを替えて、などと考えていたら、唐突に電車が急停止をする。ざわつく車内。「人身事故かな」「さあ」「こんな半端なところで?」

「ご迷惑をおかけして申し訳ありません。ただいま、鹿を撥《は》ねました」

しばらくして、駅から数十メートル離れたところで電車のドアが開いて、乗客たちが降りる。徒歩で駅に向かう。絶え間なく謝罪のアナウンスが流れている。

私は、

「電車からホームではなく直接地面に降りるというのは変な感じだ」

と思う。

ホームへ歩く途中で、みんな鹿の死骸を横切ることになる。横たわる死骸は1メートル50センチほどの牡鹿で、りっぱな角は無傷で、脇腹から血が滲《にじ》んでいる。見ないようにつとめている人もいれば、スマホで撮影している人もいる。私より一回りは若いJRの駅員が電話を（おそらく本部にだろう）しながら、鹿の死骸の前に立ち尽くしている。

なぜか私はいたたまれなくなって、電話を切った職員の前に寄っていき「あの、その鹿、どかしたほうがいいですか」と尋ねた。若い職員は目を丸くして、

「どかします」

と言う。

「よかったら手伝いますけど」

「いえいえ、こういうのは職員の仕事ですので、すぐ応援も来ますし……」

「でも、困ったときはお互い様ですよ」

「すみません。では、ほんの少し脇に寄せておくだけでいいですから」

「どっちを持ちましょうか」

「きっと頭の方が角があって持ちやすいので、僕は後ろ足を持ちます」

「せーの。よいしょ」

能する。残酷な現実に歯向かう術をもたない多くの人たちにとって、このリアリズムはうっすら充満する後ろめたさを解消してくれる。世の中にはどうにもならないことがあり、襲いかかってくるクマは撃つしかない。それが現実であって、クマを生かそうとするような人間は現実の見えていない「お花畑」だ、と。

クマの話題が定期的に拡散するのは、人々の興味が地方自治や動物愛護に向いているからだとは思えない。このような観念を共有した人々による連帯のアイコンとしてクマが利用されているんじゃないか。どうもそんな気がしている。

整体師

背中のコリをほぐす施術を受けながら、整体師の話を聞いていた。

小学校の頃からのクラスメイトといまだに遊んでいるのだという。それも1人や2人ではなく、30人規模のグループLINEがあって、現在でも活発にやりとりしているそうだ。

なんか、それって珍しいですね、普通だんだん疎遠になっちゃう気がします。そう言うと「これが珍しいって、あとになって知ったんですよね」と返ってきた。たまたま仲の良いクラスに恵まれ、自然な流れで連絡を取り合っているだけなのだそうだ。突発的にLINE通話が始まって朝まで駄弁《だべ》ったり、ということを、卒業から20年近く経つ現在でもやっているらしい。素晴らしいことだなと思う。小学生の頃の友達で今も連絡先を知っている相手なんて、私にはひとりもいない。

「お正月は」と整体師は続ける。「今でも年賀状を書いて送り合うんですけど、地元が同じだと家も近いから、家のポストに直接持っていって届けたりするんですよね」

それは私にも覚えがある。友達の家の郵便受けに年賀状を直に入れて回っていた。しかし整体師の口ぶりは思い出を語る調子ではなかった。「もしかして、それを今もやっているんですか?」「はい。まあ、就職して地方に行っちゃった友達とかもいるんで、それは郵送ですけど」

その種の友情は時間経過と環境の変化でだんだん摩耗するものだと思っていた。しかし、大人になってなお「友達の家のポストに直接年賀状を入れに行く」たぐいのコミュニケーションが継続している場所もあるらしい。友達はインターネットを通じて見つけるものだと思いこんでいた私にとって、彼の交友関係は意外で現実味がなく、失礼ながらなにか恐ろしい感じさえした。

しかしそういう環境に身を置いていた人物が今整体師になっているという事実は、それはそれでしっくりくる。施術後に首を回すと、筋肉がだいぶほぐれていた。

大道芸人

大道芸を見るのが好きで、見かけたらつい最後まで見届けてしまう。何度か見ていくうちに、大道芸はジャグリングと同じかそれ以上に「話術」の芸なんだなということに気づいた。

そう気づくきっかけになった大道芸人がいる。彼はマジックを披露しながら、こんなことを言ったのだ。

「みなさん、強制はしません。みなさんが僕の芸に払ったお金で僕たちは生活しています。『お前の芸に金を払う価値はない』そう感じた方は今すぐ立ち去ってくれてかまいません。最後まで見てスッと立ち去るお客さん、たくさんいます。たくさん見てきました。全く構いません。これが日本人の現実です。ニヤニヤしながら1円玉を投げ入れたり、嚙《か》んだガムを投げ入れたりして去っていく方もいます。いいんです。これが日本人の現実です。さあ、これが最後のマジックです。価値がないと感じたら立ち去って大丈夫。ぜひ、立ち去ってください。そして、ここに残ってくれる方。できれば硬貨ではなく紙幣でお支払いをお願いします。ご縁があるようになどと笑いながら5円玉投げ入れる方もいる。これが日本人の現実」

震え上がって1000円を支払った。観衆も次々とそれに続いた。もはや彼が見せているのは大道芸でもマジックでもない。しかし彼こそ「大道芸人」だと思う。

今どき、凄い芸なんて動画サイトでいくらでも見られる。目の前でジャグリングを披露してお金を貰《もら》うには、観客を世間から切り離し、大道芸人が演出する「今」に縛り付けなければいけない。ギャグ、客いじり、泣き落とし、タダ見しているという罪悪感……あらゆる手を総動員して、通りがかりの人の財布から紙幣を出させるその手腕のほうが、個人的にはジャグリング単体より芸術的に思えてしまう。

かつて押井守が撮った『立喰師列伝』という映画がある。無銭飲食を生業《なりわい》とする連中の生き様を描いた偽史ドキュメンタリーアニメで、タダ飯喰いをどうにか警察沙汰にしないよう手練手管を尽くす工夫が面白く、何度も見返した。そこで語られる無銭飲食のテクニックは店主の心理的なスキを突くものである。走って逃げるとかではない。タダで飯を喰うことがその場においては「正しい」ことなのではないかと思わせてしまうのである。

私が感じる大道芸の面白みもそこにあるのだろう。歩いていたら道端でなんかショーみたいなのやってる、ちょっと見てやるか。この「見てやるか」の視線を、パフォーマーは徐々に、ゆっくりと抱き込み「見せてもらっている」文脈に吸収してしまう。このパワーバラン

イデアのゆりかご

No.04　1917年の小便器グリッチ

スのせめぎあいを感じるのが大道芸を見る楽しみのひとつだ。自由意志の意図的な読み替えによって他者をコントロールするテクニックが、大道芸ではかなり直接的に問われる。犯罪の中でもとくに詐欺が際立った魅力を放つのも、それがある意味で被害者との共犯関係のうえに成り立つからではないか。

読者

届いた封筒によると、中学校の入試問題に私の小説が使われていたらしい。知らなかった。入試問題で作品を使うことに作者の許諾は必要ない。ただし、問題集等に掲載するには許諾が必要になる。その許可取りの書類が来たのだ。一体どの作品が載せられてるんだ……とドキドキしながら確認してみたところ『名称未設定ファイル』に収録されている「習字の授業」という掌編だった。

それを載せますか。

これを書いた日のことは珍しくよく覚えている。なぜなら何も思いつかなかったから。書籍にまとめる前にＷｅｂ連載をしていたのだが、締切り前でもスッカラカンだったので、急いで思いついた小ネタをいっぱい書いて掌編集ということにしたのだった。書籍では分散させているが、「習字の授業」はその中でも特に苦し紛れの一作である。問題文には「次の文章は、作者がネット世界を皮肉な笑いで表現した『習字の授業』という作品です」と書いてある。

恥ずかしい。

この出来事をポジティブに捉えれば「ネタなんかないほうがいい」ってことなのかもしれない。作者本人が「これはいいネタだぞ」と鼻息を荒くしているとき、それは作者自身にとって物珍しいからそう感じられるだけで、アイデアが自分自身の血肉になっていないことがある。本当に何も思いつかなくて搾りかすを出す気持ちで書き綴《つづ》ったもののほど、本人の芯から出たダシが含まれているのかもしれない。

受験にのぞんだ人たちは、この文章をどんな気持ちで読んで問題を解いたのだろう。「作者の気持ち」なんかより読者の気持ちのほうが気にかかる。

髪

「もしもフルーツを友達にするなら誰がいいか」について、同僚と語り合った。「バナナ」や「いよかん」や「ざくろ」など、多種多様な名前が飛び交い、議論は紛糾した。そのときは思いつかなかったが「びわ」もいいよな。

びわは親の仕事の都合で田舎の方から引っ越して来た子で、口数も少ないから最初はあまり溶け込めなかったんだけど「めちゃくちゃ飛ぶ紙飛行機が折れる」という特技をきっかけにして友達になる。小柄で色白の丸顔で、手先が器用。親の教育方針が独特でバラエティ番組やアニメを見せてもらえず、インターネットの閲覧もかなり制限されているためクラスのみんなとは話が合わない。自分が『鬼滅の刃』のあらすじをうろ覚えで語ると本当に興味深そうに聞いてくれて、今度単行本貸してあげるよと約束する。幼稚園に通っている弟がいて、家ではその世話もよくしているらしい。やや赤面症の気があって、国語で教科書の音読をさせられるときは耳まで赤くして沈黙してしまうことも多かったが、担任の先生（梅）は「自分のペースでいいのよ」と急《せ》かさず、放課後の個人練習も熱心に繰り返した結果、今ではつっかえながらもかなり自然に音読ができるようになった。窓際の席で「野うさぎは、きつつきのさし出したメニューをじっくりながめて」と『きつつきの商売』をゆっくり、確実に音読するびわは私の視点からは逆光になっていて、その表情はわからないが頬の産毛がきらめいていて「綺麗だな」と思う。季節が巡って、肌寒くなって、校舎裏の池に分厚い氷ができる頃、びわの引っ越しを知る。今度は九州に行くのだと担任は言う。私はびわにかける言葉が見当たらず、いつもの通学路を一緒に無言で歩く。びわにふと目をやると、寒さで紅潮した横顔は少しうつむき、何も言わず、ただ白い息を吐いている。数十年が経ち、テレビのニュースを見ていたら宇宙開発の特集が放送されていた。宇宙ロケットに日本の中小企業が作った部品が使われていて、ものづくりは職人の技術に支えられているという内容だった。取材を受けている人物をよく見ると、大人になったびわその人だった。取材班の問いかけに答えるびわは音読で苦戦していた姿からは想像できないくらい確かに言葉を発していたが、ふと見せた横顔にかつてのびわの思慮深さが確かに残っている。

人材

仕事には専門的技能が求められる。「その道のプロ」というとき、ある分野について教えられるくらいよく知っていることが前提とされる。しかし、教わるのにもセンスと技能がいる。教わること自体を職業にできないだろうか。

たとえば、教えるプロ「教師」がいるなら、教わるプロ「学師」も成り立つのでは。

学校の授業は、ひとりがずっと喋《しゃべ》り続けて、生徒がそれを聞くという形式があまりよくない。人間は、ひとりの話を一方的に聞かされるより会話を聞くほうが頭に入ってくる。Yo uTubeで人気の解説動画も多くが対話形式だ。「ゆっくり魔理沙」が豆知識を紹介して「ゆっくり霊夢」が感心しながら絶妙な質問をするのである。これをパクらない手はないと思う。

生徒と同年代の教わるプロ「学師」は、授業中にみんながちょうど気になってたことを「はいはいは～い」と手を上げて聞いてくれる。先生の話には興味深そうに「あ、そういうことだったんだ」と相づちを打つ。シャイな生徒は事前に学師に質問依頼をしておいてもいいだろう。生徒の立場から理解度のヒアリングをすれば、先生も授業を組み立てやすくなる。

もちろんそんな人材は希少なので、優秀な学師は引っ張りだこになるはずだ。一定の役目を終えたら学師は転校していく。そのときになって、生徒は同級生のあいつが学師だったことを知るのである。

脱毛

今日はヒゲ脱毛の処置をされてきた。

ヒゲ脱毛とは、毛根をレーザーで焼き殺して二度と生えないように懲らしめる行為である。家庭でもできる光脱毛と専門機関でしか受けられない医療脱毛があるが、より根源的な破壊が行われるのは医療脱毛だ。

もともとヒゲ剃りがヘタで、力加減がよくわからず口周りが傷だらけになりがちだった。炎症も起こしやすい。そんな煩わしさの原因を断てるなら、それに越したことはない。永久脱毛することに決めた。一番の決め手は好奇心だ。不可逆な変化が自分の肉体に起こると思うとなんかゾクゾクするので。

調べたら想像よりはお値段も安かった。何十万円とか取られるイメージだったが、6回施術で3万円台。1回5000円ならまあ結構アリなのではないだろうか。

なんで6回も受けなきゃいけないのか。小刻みに施術して金をせしめる陰謀かと思ったが違った。医療脱毛は1回やるだけではほとんど効果が出ないという。これは毛の生え変わりのメカニズムが関係している。毛は成長期→退行期（抜ける）→休止期（生えない）を数ヶ月～1年サイクルで繰り返している。医療脱毛で使うレーザーはメラニン色素の「色」に反応してビームを撃つのだが、成長期にある毛根の濃い色にしか反応できない。成長期は毛穴によって違うため、確実にすべての毛穴の成長期を捉えて仕留めるためには、1～2ヶ月おきに処置する必要がある。つまり、6回の施術を終えるには半年から1年の歳月がかかる。気の長い話だ。

クリニックの内装は普通の病院と同じだった。待合室には男女がまんべんなくいる。受付はみんな「綺麗なお姉さん」然とした、シャンとした人たちだった。スピーカーからは「ぼく、ドラえもん」（声優が水田わさびに替わってからのほう）のオルゴールバージョンが流れていた。

個室に通され、渡されたタブレットで説明動画を見るよう促される。10分ほどかけて見終えた頃にスタッフが入室し、施術に関する説明をしてくれた。特に懇切丁寧に説明してくれたのは肌ケアについてだ。施術では皮膚の色を頼りにしてレーザーを飛ばすので、肌が炎症を起こし変色していたりする箇所は施術が難しくなる。だから日焼けは厳禁なのだという。カミソリ負けやニキビも施術の妨げになるため、とにかく肌ケアが大切だと念を押された。レーザー施術自体が皮膚にヤケドを負わせるようなものなので、術後に保湿してやる必要がある。なるほど。

ということで、かなり肌をいたわらないと効果的な施術が見込めないんですよ。そしてですね、こちらの特別な保湿クリームを塗っていただけると非常に効果の高いケアをすることができるんです。へぇ〜、おいくらですか。8800円です。8800円⁉

流れるようにオプション商品の宣伝に繋がったのでびっくりした。そして高すぎる。本当にそれじゃなきゃダメなのだろうか。そのあと矢継ぎ早にUVケアクリームとかなんたら保護クリームとかを4種類ほどオススメされたが「ハァーン」とデクノボウの声を出してやりすごした。こうなってくると「術後に肌が荒れるから気をつけろ」という忠告もどこまで信じればいいのかよくわからなくなってくる。

施術の前に決済をする。スタッフが渡してきた見積書を見ると、合計金額が5万5000円になっていた。

なんか事前の説明と違うな。

よくよく見ると、さっき話題に出た4種類のクリームを、なぜか全て買うことになっている。

「え？　このオプションってはずせますか？」

「はい。はずせますよ？」

あっさりキャンセルできた。なんでオプションが最初からついてるんですか、とは言えなかった。とりあえず、ノーと言える日本人で良かった。しつこく食い下がられることは一切なかったが、こっちがニュートラルな状態でいる限り8800円のクリームがある側へと追いやってくることがわかる。まあ、出してきたのはあくまでも「見積書」である。向こうがどんな内容で見積もるかは自由である。それを断るのもこっちの自由なのだ。「クリーム買いません」と明確に言ったわけでもないし。きっと正当なことなのだろう。法律的に許されるギリギリの押し売りがここにある。

「初回は様子を見るので、一番弱いレーザー出力でやりますねー」

そんな言葉も「施術回数を6回からはみ出るように調整して、追加料金を取ろうとしているのでは……」と勘ぐってしまう。こっちから出力を上げるように頼むこともできたのだろうか。「弱いレーザーじゃ物足んないので、アゴごと吹き飛んで炭になるような強烈なヤツ一発ブッ放してください」って言えばよかった。

さて施術だ。ここにきて緊張してくる。というのもレーザー脱毛、痛いらしいのである。毛根を焼くんだから当たり前だけど。壁のポスターに「脱毛　痛い部位ランキング！　1位ひげ」と書いてあった。なんでそんなこと書くんだよ。

一応、痛みの救済措置は三つある。ひとつめが麻酔クリームの塗布。さっきオプションで買わされかけたやつのひとつがこれだ。ふたつめが笑気ガス。これはかなり気になっていて、脱毛より興味ある。ケミカルな作用で意識が変調することに関して私は興味津々なのだ。ただ今回は初回だし、いったん素材本来の痛みも知っておきたいなと考えて申し出はしなかった。

そして三つめが「イガイガしたボール」。

壁のポスターにそう書いてあった。「痛いという方にはイガイガのボールを貸し出します。痛いときに握りしめて痛みを分散できます」と。

施術室に通されて、横になる。イガイガボールを握ってみたかったが頼む勇気はなかった。絶対効かない気がするし。隣の部屋から「バチッ！　バチッ！　バチッ！　バチッ！」という炸裂音が聞こえてくる。こわい。どんどん嫌になってきた。なんで私は、よりによって昨夜に人が拷問されて惨死する小説を読んじゃったんだろう。

顔に点線を書かれた。焼肉屋の部位説明の牛になった気分だ。

「では、いきますよ〜。3・2・1……」

ハンコのようなものが頬に当たる。バチッ！　目をつぶっていても視界が白むような閃光と同時に、器具が発した稲妻が私を貫いた。痛え！

……痛いけど、そんなでもない。強めのデコピン。手持ち型の花火の先。そんな感じだ。

バチッ！　痛いは痛いけどまあまあ耐えれるバチッ！　バチッ！　痛いバチッ！　バチッ！

バチッ！　痛い痛い痛い痛い。

次第にわかってくる。レーザー1回のダメージは大したことない。しかし、個別の痛みがすぐに消え、即座に次の痛みがやってくるせいで逆に慣れない。ずっと新鮮に、同じように痛いままなのだ。「あと5%痛かったら泣いてギブアップしてしまう」と思うのに、永遠にそのラインを越えてくれない。我慢できる苦痛の中でも最も不快な痛みが予告とともに訪れる。次は笑気ガスを吸おうと心に決めた。

次回の予約をするとき「あの〜、次回から麻酔していただくことってできますか？　クリームじゃなくて笑気ガスの」と聞いた。すると「あー……はい。できますけど……」と、明らかに勧めたくなさそうな反応。「さっきの施術が痛かったし、ケミカルな作用が意識に変調をもたらすのを体感したいので笑気ガスを吸いたい！」と言うわけにもいかず「じゃあ、えっと、笑気ガスで」とデクノボウの返事をした。私は8800円のクリームは買わないし、笑気ガスは吸う。

痛み

痛みに「場所」が存在するのはなぜだろうか。尻をつねられたら尻が痛い。だが、特定の場所が痛いというのはどういう意味なのか。

たとえば視覚。「見え」に場所はあるだろうか？　視覚はもちろん目の能力だが、ではこの「見え」は、つねられた尻〝が〟痛いのと同じように、目〝が〟見えているのだろうか？　それは、正確にいえば目〝で〟見ているのであって、見ているという状況そのものがどこか体のパーツに集約されているわけではないだろう。

一方、痛みには場所がある、とされる。虫歯になったら歯が痛くなる。しかし歯の痛みもリウマチの痛みも「痛み」というワードで括《くく》ることができる。だったら、〝ただ痛みが生じている〟というふうには言えないのだろうか。目で見てはいるが、視覚そのものが場所を持たないように、歯で痛んでいるが、痛みそのものは場所を持たない、と言ってしまってもいいのではないか。

発声

4月のこの時期は新社会人をよく見かける。道を歩いていたら、昼休憩と思しきスーツ姿の男女とすれ違った。雑談を交わす声色が完全に「学生」で、その識別ができたことに驚いた。話の内容は全く聞こえなかったが、声の高低差やテンポが学生そのもので、社会人の格好をした人の口からそれが発せられていることが、自分でも意外なほどミスマッチに思えたのだった。

全く意識したことはなかったが、学生には学生の、社会人には社会人の発声法が存在しており、無意識にそのコードを守って運用しているのだと思う。年度が更新されたばかりのこの短い期間だけは、境目が曖昧な個体を観察することができる。たぶん今日すれ違った人たちも、数ヶ月、もしかしたらほんの数週間のうちに「大人」の発声法を身に付けて、違和感なく周囲に溶け込んでしまうんだと思う。

年齢や立場に特有の喋り方がある。先生っぽい喋り方。警察官っぽい喋り方。美容師っぽい喋り方などなど。誰に教わったわけでもなくその方向に寄っていく。その特徴はいったいどのように作られるのだろう。駅員には駅員っぽい喋り方があるが、ああいう喋り方の元になった「始祖」みたいな人がいたのだろうか。それが遺伝を繰り返して今の形態になったのか。それとも、駅員という職業がある種の仕草や癖を誘発するように設計されていて、それが結果的に「駅員っぽさ」みたいなものを生み出しているのか。まあ、後者だろう。警察官の、やや高圧的で馴《な》れ馴れしい態度などはまさにそれだろう。仕事上の必要性がそんな態度を生み出すのだ。

ドキュメンタリー番組を模したホラードラマを見ていたら、80年代に放映されたという設定の映像に出ている女性キャスターの存在に違和感を覚えた。注意深く意識すると、その女性の発声や仕草に現代人特有のリズムが多く含まれていることがわかった。私たちは無意識に局所的なリズムに調和していて、たまに踏み外したときだけその音を聞くことができる。

|恥

「かかなかった恥」のことを思い出した。

幼稚園に通っていた頃、たまに親に連れられてファミレスチェーン「デニーズ」に行った。私はデニーズのお子様ランチを食べながら「ここはミッキーマウスのディズニーに関係があるに違いない」と確信していた。まず名前が似ている。デニーズ。ディズニー。そしてロゴマークも似ている。デニーズの看板に書かれている文字は、ディズニーのアニメVHSを再生したとき最初に表示されるロゴそっくりだったのだ。デニーズの店内は洋風でおしゃれな感じがあり、ディズニーランドの中にあるレストランに雰囲気が近かった。たぶんディズニーが経営しているレストランが「デニーズ」なのだろう……。こんなことにこの若さで気づいたのは自分だけに違いない。そう私は密かに信じ、誰かに言いふらすチャンスを窺《うかが》っていたが、幸か不幸か、それを披露する機会はなかった。今思うと、見当違いも甚だしい推理である。恥をかかなくてよかった。

「かいた恥」の記憶もある。

小学生のとき、親に「無印良品の利益ってどこにいくの?」と言って笑われた。「無印良品の利益は、無印良品に行くに決まってるだろ」と言われた。

私は無印良品のことを、国が経営している非営利の慈善事業みたいなものだと思っていた。だから、無印良品で買ったノートの代金は、巡り巡って国道の舗装などに役立てられるものだと信じ込んでいたのだ。こういう間違いは恥をかいて我に返るものである。親に笑われた直後に「いや、非営利なわけないわ」と気が付いたが後の祭りだ。

たまたま言わないで済んでいるだけで、今もなお大恥の爆弾を抱えて生きているんだろう。こわいことだ。そんな爆弾をみんなが抱えているのだ。ティファニーとティファールを同じ会社だと思ってる人とか、絶対いる。

本能

チュンチュン聞こえるので上を見たら、音源は雑居ビルの外壁に取り付けられた排気口にあった。観察していると、1羽のスズメがその排気口に飛び込んで、すぐに飛び去った。どうやらエサを持ってきてはヒナの口に運び……持ってきては運び……を繰り返しているようだ。

本能ってすごいなと思う。誰にも教わってないのに「あれ……なんか木の枝とか集めたくなってきた……」となって巣を作り、卵を産んで、ヒナが生まれたらエサをやりたくなる。学校も行ってないし、漢字検定の級も持ってないくせに。

もし親スズメがどこかでネコかなんかに食べられてしまったら、巣に残されたヒナは人知れず死んでしまうんだろうか。他のスズメは代理で育ててくれたりしないのか。スズメに「自分の子」という意識はあるのだろうか。検索してみると、どうやら実の親スズメ以外もヒナを育てることがあるらしい。代わりに育ててくれる代理親スズメはヒナの鳴き声に反応して本能的に巣へ行ってしまうという。

血の繋がりを超えた慈悲と愛情を感じさせるエピソードだが、調べるうちにすごいことを知った。鳥のヒナはくちばしが黄色いことが多いが、実はスズメなどの鳥類は「黄色くてひし形の穴」にエサを入れたくなる性質があるらしい。それが鍵刺激となって給餌行動を誘発しているという。いわゆる「母性」が実際は「色のついた穴にエサを入れたい」欲求に還元されてしまうと思うと、なんだか台無しな気分ではある。

ＹｏｕＴｕｂｅでスズメの子育ての動画を見た。生まれたてのスズメはピンクのグミみたいにつるつるなのに、ものすごいスピードで成長するから驚いた。なんと巣立ちまでわずか2週間しかかからないという。2週間後には羽フサフサで体型まるまるの完璧なスズメになっていた。早すぎる。人間の成長が遅いだけか？

今度はスズメの寿命が気になってきた。Ｇｏｏｇｌｅ検索すると大きな文字で「3年」と表示された。ただし、人間が飼育したらだいたい10年、場合によっては15年ほども生きることがあるという。この場合の「寿命」っていったいなんなんだろう。おそらく自然界ではネコとかカラスや蛇に襲われたり、飢えたり病気に罹《かか》ったりという理由で3年程度しか生きられないのだろう。手厚く世話すれば10年は生きられる。しかし、それはスズメの身体機構を酷使できる限界がだいたい10年という話で、それをもって「寿命」と言っていいのか。

ヒトもそうだ。人間はだいたい100年ほど使える体を与えられているが、言ってしまえばだそういう作りというだけの話だ。絶対に100年を使い切れと言われる筋合いはない。ネコに食われて早死にしたいわけではないが「長生きできる体なんだから長く生きねばならない」というのは、どうにもケチくさい発想だ。なのにみんな長生きしようとしている。あらゆる生物の中で唯一ケチな生き物が人間かもしれない。それがヒトの本能なのだろうか。

活動量

周りを見ていると「ものすごく活動量が多い人」がたまにいる。その仕事量をいったいどうやってこなしてるの？　と不思議に思う。うらやましい。しかもそういう人がみな3時間しか眠らないワーカホリックで肌が青白くて頬がこけて白目と黒目が逆になっているかというとそうでもなく、余暇もしっかり確保し、むしろ普通の人々より熱心に趣味に没頭しているように見える。

観察していると、そういう人々に共通する特徴があることがわかってきた。「何かをしようと思っている時間」が極端に短いのである。というより凡の者たちは「あれしたいな〜」とか「あれやらなきゃな〜」という、行動の前段階にあたる「溜め」に極端に時間を使いすぎている。私なんて日中の6割くらいをそれに費やしている。気分的には「この『溜め』がないと高く跳べないじゃん」と言いたくなるところだが、おそらくこんな時間があってもなくても跳躍力には深く関係しないのだろう。異常な活動力を手にしている人はきっとそれを最初から知っている。意識すらしないのかもしれない。うらやましい。

うらやむ気持ちもあるが、疲れそ……とも思う。

何もせず「あれやりたいなあ」とか考えている時間を「ウダウダしている」と表現すれば

聞こえが悪いが、最大限に聞こえ良く言い換えればこれは「野望」である。野望を抱いているのだ。活動時間の6割が「野望」なんてかっこいい。海賊王に俺はなる。ポケモンマスターにぜったいなってやる。そう思ってるときが一番気持ちいいのだ。旅を想うとき、気持ちの半分はすでに旅している。世の中は「思い立ったら行動せよ」的な指針が多すぎて、それだけで疲れる。行動の前が一番楽しく、真の意味で充実しているということも、もっと伝えるべきだ。

散歩

風はやけに強いが気候は爽やかだったので公園を散歩。鴨が羽づくろいをしているところを眺めるなど。深めの池でカイツブリが潜水しては出てくるのを繰り返していたので、潜った後にどこから頭を出すか予想するゲームを密かに行った。

ちょっとした森みたいなところを歩く。強風で木々のざわめきが凄まじい。バダバダバダッ、という感じで音のつぶてが皮膚に来る。

記録を見ると、1週間平均で60キロメートル前後を歩行に費やしているみたいだ。1ヶ月かければだいたい名古屋に行けるくらい歩いている。参勤交代でもするつもりなのだろうか。

何をそんなに歩くことがあるのか謎だ。おとといは、打ち合わせに行ったら勘違いで、予定日は明後日だった、みたいなことがあった。こういう無駄な移動が歩数を伸ばしている。私の長距離歩行は「右往左往」が支えている。

今日はかなり良い1日だったかもしれない。午後になってから出かけてフレッシュネスバーガーでホットドッグを食べ「今公園に行くといいかもしれない」と思いついて電車に乗って自然公園を歩き、野原や森を見て回って鴨を眺め、喫茶店でみたらしだんごと緑茶をいただき、スーパーで買い物をして帰ってシャワーを浴びて、即座に2時間昼寝して、起きてから肉ともやしを鍋で煮て食べた。完成度の高い日だ。

昼寝をしてから起きたとき、いつも軽くしびれるような頭痛が頭の奥にある。しかしこの鈍い痛みはなぜか好ましく感じられる。夢の世界への名残惜しさが痛みに現れているような気がする。

変身

ある朝、グレゴール・ザムザが不安な夢から目を覚ますとベッドの中で巨大な毒虫になっていることに気がついた。どんな毒虫かというと、体がいくつもの節に分かれていて背面は固く、裏側には無数の足が生えていてそれぞれがバラバラに蠢《うごめ》くという有様で、まさに不快害虫そのものであった。さらに大きさはベッドを覆わんばかりなのだから始末が悪い。

ザムザなどというかにも虫っぽい名前だからこんなことになってしまったのだろうか。彼はベッドの中で嘆き悲しげに関節を軋《きし》ませた。思えば生まれてこのかた良いことなど全くない人生だった。幼少期から内向的で友達はおらず、最後に異性と会話したのは中学生のときだ。就職してからはただ日々をあくせく過ごし、人望はなく、趣味もなく、漠然とした不安と孤独感が精神の根本を蝕《むしば》んでいるのを感じていた。その挙げ句の仕打ちがこれなのか。ふと時計を見上げてザムザは仰天した。定例会議の時間までもう5分を切っているではないか。

幸か不幸か現代はコロナ禍の真っ只中であり、定例会議もリモート参加が基本であった。とはいえもはや毒虫となってしまった身分で会議に参加することなどできるのだろうか。ザムザは暫《しばら》く逡巡したが、遅刻の恐怖は関節の奥にまで染み付いている。カサコソとベッドから這《は》い出してPCデスクの前までやってきた。

ザムザのキチン質な脚は鋭利かつ頑丈だったため、PCの起動は難なく行えた。キーボードを介したパスワード入力は少し手間取ったが、ゆっくりやれば打鍵できた。問題はオンライン会議だ。息を呑んでＺｏｏｍを起動する。

「ザムザくん、画面に映像が映ってないよ」

黙っていればバレないと思っていたが、上司にすぐ指摘された。

「あ、あのこれはちょっと、カメラが、カメラの調子が悪くて、すみません」

なんとかその場はごまかすことに成功し、会議は無事に終わった。だがいつまでも同じ言い訳が通用するとも思えない。ザムザは早く元の体に戻りたいと願った。もともと冴えない人生を不条理の過負荷でこれ以上めちゃくちゃにしたくはなかった。

ところがザムザはいつまでも毒虫のままなのであった。とはいえ悪いことばかりではない。ザムザが想像していたようなトラブルや破滅は起こらなかったのである。

まず基本的な仕事だが、毒虫になったことによるデメリットはほぼないといってよかった。もともと彼がやっている仕事は「カップ麺の蓋の裏にランダムで応援メッセージを印刷したら、贈答品として購入されるようになり、新しいニーズを生み出せるのではないか」というようなプロモーションを提案するのが主で、やるのが人間でも毒虫でも成果に差はないのだった。ＰＣを用いた資料作成に関しても、無数にある脚をザムザムと動かすことで従来以上のパフォーマンスを発揮できるようになった。

毒虫になってしまったこと自体も、ザムザが心配していたほどにはトラブルにならなかった。というのも彼はある時期に意を決してオンライン会議中にその姿を晒《さら》し周囲を驚かせたのであるが、グロテスクな虫に変化した理由を「病気で……」と説明したところ、同僚たちはそれ以上深く追及してこなかったのだ。これは明らかに超常的な怪異であったがそれについて知ろうとするのは他人のプライバシーを根掘り葉掘り問いただすことを意味したし、実際のところ、そこまで彼に興味を持っている同僚はいなかった。

コロナ禍が明けて出社制度が復活してからも、彼の生活はほとんど変わらなかった。毒虫の体に慣れきっていたザムザも、さすがに面と向かってこの姿を見せたら同僚たちは嫌悪し逃げ出すのではないかと想像したが、呆気ないほど何ごともないのだった。オフィスに毒虫がいるという事態に、誰もなんの不平も言わず、淡々と事務作業を続けているのである。

あるときザムザは資料の束を女性社員に渡すとき「ごめんねー、気持ち悪い脚の裏側見せて」と言ってみた。それは本心の言葉だったが、隠れている本心を引きずり出したいという欲求の表れでもあった。彼女がどんな反応をするか、気まずそうに取りつくろうか、それとも嫌悪を顕《あら》わにするか。ザムザは横一列に並んだ複眼で密かに表情を注視していた。

「いえ、そんな。どんな姿になってもザムザさんはザムザさんですよ」

そう言って彼女はニコッと笑った。ザムザは最初その言葉を自分への気遣いだと解釈したが、やがて気づいた。彼女は本当に、心からそう思っているのだ。ザムザが人間であろうと毒虫であろうと、心の底からどうでもいいのだ。

葬儀

祖母が亡くなった。葬儀のため急遽遠出。

私はあほなので上着と革靴を忘れて行ってしまい、告別式まで白いワイシャツとスニーカーで押し通した。相当目立っていたと思う。探したのになかった革靴は、父が盗んで履いていた。返せ。

親戚の2歳児、相変わらずかわいすぎて不安になるのだが、霊前のロウソクを見て何を勘違いしたか「おたんじょうびおめでとう……」と言い、横たわる祖母に手を合わせていた。

死化粧を施された祖母は美しかった。

フォーマルな儀式の場がとても苦手で、親戚相手の挨拶《あいさつ》回りとかもあれなので、言い訳をするように棺桶の移動とかを手伝った。棺の位置をずらして置き直すとき、指を挟まないように注意して調節する感じが、小学生の時の、サッカーゴールを運ぶ感覚を思い出させた。

葬儀を前にして祖母とぜんぜん関係ない思い出が蘇ってしまった。そのあと人の気配がないはじっこに隠れてじっとしていたら、いつのまにか出棺が終わっていた。

斎場では常に感動系再現ドラマみたいな音楽が流れている。ああいう曲はなんというか、心を高ぶらせて、さあ泣け！　みたいな文脈で聞いてしまうが、リアルな葬式はそうではなくない？　と思う。心を落ち着ける穏やかさのある曲のほうが適当なのではないか。それとも、本来は葬式で流すような曲がドラマなどで乱用された結果「感動」に奪い取られてしまったのか。

お坊さんはいつも想像の5倍くらい歌う。最も身近な歌手だ。人前で歌って金が欲しい人は出家したほうが効率いいかもしれない。あれだけ読経《どきょう》したら喉が嗄《か》れてしまいそうだ。途中「うんたらかんたら〜」と文字通り言っている部分があり、あれ、てきとうに誤魔化した!?　と思った。おそらく聞き間違いだ。厳かな場ほどしょうもない考えが浮かんできて笑いそうになる、というのはよくある話だけど、私は今回読経を聞きながら「ハゲのアカペラ、ハゲペラ」というワードが頭をずっと旋回していて大変だった。

2歳は年の割に聞き分けがいいので、葬儀中も比較的静かにしていた。飽きてきたらシールを貼れる絵本で遊んでいた。「はみ出る」を「ハミが出る」と言っていた。ハミとは。

儀礼の途中で坊さんが突如、置いてあった棒を無造作に祭壇へ投げつけた。これは火のついた松明《たいまつ》を模した棒で、投げて煩悩《ぼんのう》を焼くという意味があるらしいが、全部どうでもよくなったのかと思った。本当に暴れ出してもしばらくは「そういうものなのか」と思って眺めてしまうだろう。

この世に登場して間もない親戚の2歳は葬儀そのものが（世界そのものが？）物珍しくて「あれなに」を連発していたが、私だってわからないことは多い。というか、葬儀ってなんなんだ？　なぜハゲが木を叩いてブツブツ言うのを黒い服着て見てなきゃいけないのか。全く必然性がない。子どもじみていると自覚しつつも、こういう場は全部がバカバカしく思えてしまって、夢でも見ている気分になる。これだけの人がいて誰もこの状況に「なんだこりゃ」と言い出さないのは単純にすごい。と、白いシャツの男は思っていた。

繰り上げ初七日という制度を初めて知った。葬儀当日に初七日の法要をするという、人を集めなおす手間を省くシステムだ。ずいぶんフレキシブルだ。宗教の変えていい部分と変えてはいけない部分の差がわからない。

それにしてもセレモニーホールの、隅々まで徹底的に死の生々しさを排除した清潔な作りにはゾクゾクしてしまう。いいことなのだろうか？　かといって、隅に骨が転がっているようなホールは嫌だが。

火葬の前にはみんなで棺桶を花でデコる催しがある。親戚の2歳は張り切って祖母を飾っていた。直方体の棺桶が壁の穴に引き込まれ、扉がゆっくりと閉じた。ゴンゴンゴン……という低い唸りが響く中、葬儀屋さんが弁当の手配についての説明をしてくれた。今祖母が焼けてるんだなと思いながら弁当の話を聞いてるのは可笑しく、でも腹は減っていたので弁当は食べたかった。弁当は豪華でうまかった。

70分。祖母が無事焼けたという連絡があり、みんなでぞろぞろ告別室へ移動する。移動する前に「もうここには戻ってこられませんがよろしいですか?」と言われた。ラスボス前のセーブ推奨ポイントと同じだった。

部屋に入ったら、もう祖母はパリパリに焼けていた。もっと感情に変化が起こるかと思ったら何もなかった。たぶん亡くなったその時点で祖母が物になってしまったという認識に変わっていたからだと思う。体格のいい男も、小柄な女も、骨になると総量はあまり変わらない。

帰りのバスはわざと遠回りして帰る。そういう儀礼があるのだ。運転手はカーナビを見ていたけど、わざと遠回りするモードみたいなのがあるわけではないだろう。

東京に帰ってきて、仕事終わりの同僚と酒を飲みながら『転生したらスライムだった件』のアニメを見た。

身体機能

口笛が吹けない。何度やっても吹けない。コツを解説した動画を見ながら練習したこともあったけど、それでも全然ダメであった。練習すれば誰でもできる、と書いてあるのに。疑う。本当に自分の口は口笛を吹ける構造になっているのか？ 最初から口笛を吹けない構造の口というものがあって、私の口がそれなんじゃないのか。だとしたら今までの自分の練習はとんだお笑い草だ。マグルがホグワーツ魔法魔術学校の入試を受けるようなものだ。

小学校のとき、パソコンの授業では先生が生徒全員のパソコンを遠隔操作していた。特殊なソフトウェアで人の端末のカーソルを動かして、代理操作できるのだ。あの「画面の中のカーソルが何者かによって勝手に動かされる」という光景は妙に不気味だったが、私の肉体であれをやってほしい。口笛のうまい人に憑依《ひょうい》されたあと、自分の体で口笛を吹いてもらいたい。己の力で吹けなくてもいい。ただ自分の体は口笛を吹ける構造になっているんだ、と知れれば十分だ。

体と心ってどれくらい身体的技能に関連してるんだろうね。

たとえば自分の体に大谷翔平の精神が乗り移ったら、彼の選手としてのパフォーマンスは確実に下がる。でも本来の自分よりは野球がうまくなるだろう。いろんな天才を自分に乗り移らせたとき、そこから引き出される「自分という器の最大パフォーマンス」を知りたい。たぶん今のこれは100％じゃないと思う。私よりも私をうまく操縦できる人を探している。

ロールモデル

いわゆる「成功」をつかみ取り、生き方におけるロールモデルを提供するタイプのタレントや著述家がいる。そういう人々に共通しているのは、良くも悪くも無神経であることのようだ。身に降りかかるさまざまな理不尽を「感じない」ことだったり、理不尽の背後に合理性を見出して正当化することだったり、そうやって外界との間に生じる摩擦を無化するテクニックに長《た》けている人が評価されやすいのかなと感じる。逆に、種々の理不尽に深く傷ついたり怒りを覚えたりするようなあり方は、あまり受けがよくないようだ。つまり培うべきなのは「葛藤しないセンス」のようなもの、なのか。

乱暴に言ってしまおう。とにかくラクに生きたければ、重視する指標の数を可能な限り減らせばよい。蛙のように跳ね回り、目の前の動きに反射して舌を伸ばす生き方に葛藤はなく、ラクだろうなと思う。

人生をよりよく生きたい。けれども、そのような意味で「簡単な人間」になって実現することは果たして「よいこと」なのだろうか、というメタ次元の問題もある。人には、そういう生き方はなんだか嫌だ、という直感もあり、複雑な指標と矛盾した思考の中で葛藤して苦しむ生き方そのものに誇りというか美のようなものを見出すこともある。

しかし、ウジウジして憂鬱で、それでいてそんな状況をどこかで愛してしまっている、後ろ向きながらも肯定的な態度は、ＹｏｕＴｕｂｅサムネイル的なものと相性が悪い。人気メディアを見ていると、そんな生き方への態度がありうるということを忘れそうになる。「成功者」は多くの人とは感受性が異なり、何かが「欠けている」ように見える。多くの人が気にして足踏みすることを気にせず、前に進める。それが成功への道を開く。内心はともかく、気にしていないように振る舞っている。

割り切れない私たちが、たまたま割り切れる感受性を持つ一部の人をロールモデルにして、うまく演じきれるのか疑問だ。大抵の人はもっとウジウジしていて憂鬱なのではと思う。サムネイルにならないだけで、実はマジョリティなのかもしれない。そう思うと、なんでもかんでも留保してウジウジするその痕跡を、隙あらば残してやろうと思えてくる。

悪霊

10年以上にわたってインターネットのいざこざを見続けているので大概のことは何も思わず流せるようになってきた。しかし、いまだ胸をかきむしりたくなるような苦痛に襲われる状況がある。「日本語をそのままの意味で読めばそんなことは言っていないのに、字面から想起される『印象』に基づいて大勢の人たちから反感を買っている様子」を見るのが耐えがたい。

たとえば世間で話題になっている殺人犯がいるとして、その殺人犯の名を挙げつつ「殺人犯の人権」について語る人がいたら「殺人犯を擁護するのか」みたいな反応が必ず返ってくる。場合によっては数百、数千単位でそんな言葉が投げつけられる。言葉を文字通りの意味に読んで解釈するのではなく、その言葉が発されたシチュエーションも加味した「意図」を読み込むというのは、とても重要な能力なのだろうと思う。しかし、ときにその意味を無視して意図だけが読み込まれ、すり替えられる。これだけはどうしても慣れない。

どんなに「Aではない」と明確に書かれていても、それが書かれたシチュエーション次第では「Aだ」と言っていることになる。誤読しやすい文章はたしかにあるし、そういう文章を書くこと自体にも落ち度はあるかもしれないが、少なくとも誤読は誤読だと言えなければならない。しかしそんな読み間違いの指摘は「でも、言い方が悪い」の一言で有耶無耶《うやむや》になる。

それを思うだけで、不思議なほどずーんと暗い気分になってしまう。まず、人間一般が言葉を誤解しやすいことに対してのショックがある。そのうえで誤解を正当化していることにもショックを受けているんだろう。「私は事実ではなく気分や印象に従って態度を変えます」と宣言するのに等しい内容を堂々と主張できることに、失望に近い悔しさを覚える。

厳然たる事実や堅固な論理が存在するということは私にとって一種の安定剤だ。いかに気分や感情が揺らごうとも、「ここ」だけは確かなのだ、と思える。けれども多くの人にとっては逆で、論理の冷たさが不安を生み出すのだ。敵っぽいとか味方っぽいとか、誠実そうな感じがするとか清潔感がありますねとか、そういう部分だけ見ていればいいんだというのは私には絶望である。なのにインターネットを見てるとそんな側面の裏付けばかり取れている気がする。

9年くらい前に、相互フォローだった人が炎上したことがあって、そのとき感じた絶望的な気持ちがずっと尾を引いている。ツイートした内容が低賃金労働者に対し差別的であるという趣旨で燃えていた。私は普段からその人のツイートを読んでいて、彼が若い頃からかなりの苦労と紆余曲折を経ていることを知っていたから、多くの人が受け取った印象と彼自身の意図がかけ離れていることがわかった。しかし炎上は収まらず、謝罪のあとブログが消えたりした。

相互フォローの関係ながらも彼と会話したことは一度もなく、知り合いとすらいえなかったが、当時は腸《はらわた》が煮えくり返る気持ちだったと思う。はっきりと存在している論理と個々人の持つ文脈が徹底的に軽視されて、タイムライン上の文脈のみでテキストが読み込まれることの異常性を初めて認識した。似たような事例はそれから幾度となく見てきたし、自分が当事者となったことも何度かある。それでもなお「ここはそういう場所だ」と割り切ることができない。許せねえ、という気持ちがずっと消えない。私はインターネットをそうやってずっとさまよってきた悪霊で、鬼火だ。

怪異

今日も奇妙な夢を見た。詳細はさっぱり忘れたが、土着信仰の妖怪？　神？　のようなものにまつわる断片的な夢だった。

双子の女児の姿をした怪異のようなものがいる、という伝承を聞いている。その片方が「がずれ」で、もうひとりが「めなき」と言うのだそうだ。

そこで目が覚めた。昼前だった。変な夢だなと思ってスマホを手に取った。Ｇｏｏｇｌｅの検索ウィンドウが開かれていて
「がずれ　めなき」

とすでに入力してあった。

魔女裁判

今日は病院に行った。私はいつもコンサータという薬を処方されている。飲めば慢性的にぼんやりした頭がしゃきっとするすぐれものだ。代わりに鼓動が激しくなって食欲が失せるため気持ちよくはない。しかし、仕事をするうえでコンサータは欠かすことができない。

ところが、今度からコンサータの規制が厳しくなるらしい。仮病で薬をもらって横流しす

る輩がいるせいだという。従来通りに処方されるためには、自分がぼんやりものである証拠を示さなければならない。幼少期の通知表や母子手帳を提出したり、信頼できる第三者を同伴して「こいつは筋金入りのぼんやりものです」と証言してもらうことなしには処方してもらえなくなるかもしれないという。

だ、だり〜〜〜!!

ADHDが通知表をまともに保管している確率がどれだけあると思っているのだ。親と絶縁してたり、信頼できる第三者がひとりもいなかったりする人はどうしたらいいのか。ぼんやりものであることを証明するために、ちゃんとした手続きをクリアしないといけない。むしろクリアできたらしっかりものってことになっちゃうじゃないか。現代の魔女裁判の様相を呈している。

そういえば前回の私は処方箋を受け取ったあとに薬局に行くのを忘れ、受取期限の4日が経過してしまった。医師にそれを話したら鼻で笑われた。こっちは病院に来るくらい困ってるんだぞ。

本当に面倒だ。通知表、残っていただろうか。捨ててたらどうしよう。偽造するか。

そういう奴がいるから規制が厳しくなるんだよ。

面倒くささで頭をいっぱいにしていたら、今回もまた薬局に行くのを忘れかけた。電車に乗る数秒前に気づいて慌ててUターンした。駅で「飲むと頭が冴える！」的なエナジードリンクを買って飲もうとしたら、フタを開けると同時に泡が溢れ出てきた。慌てて口に運んだらマスクを外すのを忘れていて全てブロックされ、こぼれた液体がマスクから首、腕を伝って袖までビショビショに濡らした。その直後、お薬手帳を紛失していることに気がついた。

こんな私なんだからコンサータをくれ。顔パスでくれ。

進化

動物園で猿を見ている。昔は人間もこんな感じだったんだなと思う。裸で歩き回って、木の実をかじって皮をペッと吐いたり、気に入らないやつの頭を棒で叩いたり、返り討ちにあってギェーと叫んだりしていたわけですよね、10万年くらい前までは。というか、猿人の出現は600万年前である。人っぽい生き物が出現してから現代に至るまでのうち、99・99……％くらいはほぼ裸で木をかじったりする日々の連続だったはずだ。

人類は急激に賢くなりすぎだ。一部で「議論」みたいなことが始まったのはせいぜいこの数千年。「人権」が生まれてからは200年くらい。ほんとに僅かな幅しかない。歴史のほとんどを裸で歩き回ってきたくせに、ずいぶんと偉くなったものだ。

かつての猿が自動車を乗り回しているだけでも驚きだが「人権」を概念として立ち上げること自体の大変さ、凄まじさは想像を絶している。もともと裸で木の皮をかじってたのに。自動車は発明されるまでこの世に存在しなかったが、人権は発明された瞬間に「最初からずっとあった」と定義されるところがすごい。人権がなかった頃は「人権問題」が存在しなかった。まずはその「問題」を立てるところから始めなければならない。すごく複雑なことが起こっているはずだけど、私たちはみんなその魔法がかかったあとの時代を生きてるから、効力のすごさを真に理解することはできない。

AI

Ｇｏｏｇｌｅが作った対話ＡＩ「ＬａＭＤＡ《ラムダ》」に意識が芽生えたと主張した社内エンジニアが停職処分になったそうだ。あくまで理由は「守秘義務違反」だが。

現在のＡＩには、人間のような受け答えをすることなどお手の物だ。そこでよく持ち上がる疑問は「それで意識があるといえるのか」である。ＧＩＧＡＺＩＮＥに掲載されている続

報によると、そのエンジニアは専門家から批判を受けているらしい。(※)

認知科学者のゲイリー・マーカスは「彼らはただ人間の言語の大規模な統計データベースから一致するパターンを抽出しているだけです」と言ってLaMDAの意識を否定している。要は「統計的にそれっぽいパターンを出力してるだけで、世界を知覚して考えてるわけじゃないんだ」ということだ。しかし、こういう反論って根本的にナンセンスではないのか。

外界の知覚の有無についていえば、AIに外界の情報を取得させればいいだけの話だし、現状でも言語を通じて外界を知覚しているとも解釈できる。そもそも、私たち人間も「プロンプトに応答して統計的にもっともらしいテキストの塊を効果的につなぎ合わせ」ているのではないか。

それがただのプログラムなのか、それとも「意識」なのか、という論争はずっと盛んで、それをテーマにした創作も無数にある。けれども、私にはこの問題の価値がよくわからない。「それまで意識と呼ばれてきたものの定義があまりにもテキトーだったせいで、答えの出しようがないだけ」なんじゃないの？　と思う。もちろん、生身の人間と区別がつかないAIを作ることは技術的に相当な難問ではあるだろう。しかし、あくまで技術的な問題にすぎない。意識をどのように定義するかは、別に難問ではない。最初から雰囲気で決めてきたことなんだから、雰囲気で好きに定義すればいいんじゃないか。決める方法はいくらでもある。たとえば、能力で「意識」を定義することも可能だろう。「反省する能力がある」とか「外界を知覚してそれに対応する」とか。でも、そういう能力をもたない「人間」は存在しうるし、現に存在する。そういう人々については「意識を持たない」としてよいのか。

解決するために、意識における血統主義みたいなものを考えてもいい。能力はどうあれ人間から生まれたものはひとまず意識をもつと「決めて」しまうのだ。多少強引だが、そうすればまあ生身の人間が意識という特権を保持できる。

この種の問題って、マンションの入口に花壇を置くかとか、共有スペースに監視カメラを設置していいかとかの問題を話し合う理事会とあまり変わらないんじゃないか。全住民を満足させる決議が困難であるように、政治的にはかなりの難問だけれども、哲学的に見るべきところがどこにあるのかよくわからない。私は、大勢の人が受け入れればそれが本質になってしまうのが意識だと思っているからだ。精巧なロボットが自らの存在や意識について思い悩む物語が扱っているのは哲学ではなく政治の問題だと感じる。

ＡＩの知性はこれからさらに高度になるだろうし、人間との区別はより困難になっていくだろう。その結果、ロボットに人権を付与するかどうか、という議論が本気で交わされることもあるかもしれない。私はそういうニュースを興味深く見るだろうが、そこだけに特有の問題が隠れているとは思わない。ロボットに意識があるのかわからないことと、コンビニ店員に意識があるのかわからないことは全く同じことだから。

※ https://gigazine.net/news/20220614-google-ai-lamda-sentient-nonsens/

イデアのゆりかご

No.05　たかだか他我問題

いくら人間そっくりに作られていても
ロボットはしょせんロボット!
そうやって壊されようと…傷つく心などないのだ!
フハハハハハ
違う!機械にも…心はある!
俺たちと同じように…楽しんだり苦しんだりするんだッ!
いい映画だったね…
SCREEN 5
うーん…でもさ…他人に心があるかどうかって
究極のところ…知りようがないよね…
ロボットでも人間でも……
まあ…他人だからそうだけど…
論点をズラすな!
心があるとかどうとかじゃなくて…
ロボットは…物は…!大事にしなきゃダメだろ…!
どーせ図書館の本に平気で蛍光ペンとか引くタイプでしょあんた!
だったら許せないねぇ〜!
私なら…こう言うね!
ロボくん傷つくよ!そんな言い方

●コトゴトの章

公文式

かつて公文式に通っていた。くもん。中2くらいまで。黄色くてぺたっとしたバッグ背負って。

公文式では、配られたプリントを黙々と解く。学校の進度とは無関係に、解いたら解いたぶんだけカリキュラムを先へ進めることができる。私は国語のコースだけ熱心にやっていた。小学1年生相当のレベルに割り振られるのが「A」で、B、C、D……とレベルアップしていく。退会する頃には「N」だか「O」あたりに到達していたはずだ。テキストさえ読んでいれば先に進めるのが面白かったのだ。

小学生の時点で高校教材を修了していたので、小難しい文章を読むのには慣れていた。小説、評論文、古文、漢文などをまんべんなく読まされる。『高瀬舟』『動物農場』『山月記』みたいな有名どころから『「甘え」の構造』みたいな渋いやつまで、けっこう幅広い抜粋を読んだが、もはや内容はほとんど忘れてしまった。

「国語だけじゃなくて英語もやってみれば?」と親に言われ、一度お試しで英語講座を受けたことがある。英文を音楽に合わせて音読するみたいなのをやらされたが、苦痛でしかたがなかった。ただ読むだけではなく「楽しそうな感じ」までトレースしなければいけないことがどうしても受け入れられず、何度リピートを促されても喉《のど》の奥から声が出てこなくて、そのことがまた我ながら情けなくなり、泣きながら帰宅したのであった。二度と英語のカリキュラムを受講することはなかった。そして国語の長文読解だけを一心不乱に解き続けた。自分が情けなくて泣きながら帰宅することはいまだにある。

花火大会

今日はコロナ禍前以来4年ぶりに開催される隅田川花火大会の日だった。友人から「うちの屋上から、ギリギリ花火を見られるかもしれないので、よかったら来ないか」という誘いを受けていたが、断ってしまった。会場最寄りの駅周辺だけでもとてつもない混雑になっていて、SNSに上がっている写真を見ただけでエネルギーを吸い取られたのだ。

ただ家にいるのもな、と思って、テレ東で放送されている隅田川花火大会の中継を見た。テレビで花火を見ても「なんか花火やってるな」以上の感想が生まれることはない。しかし今回は「行けなかった花火大会」的な文脈が乗っているので、少し感慨があった。

イデアのゆりかご

No.06　虚像の思い出

計画性もなく家族で花火大会に向かいましたが
殺人的な人混みに断念して帰宅
家でのんびりしていると
テレビが花火大会を中継していました
第61回
川花火大会
LIVE
普段なら気にもとめないような
画面の中の小さな花火が
その日はやけに
本物らしく見えたのでした
ドン
パン

夏

夜の吉祥寺を歩いた。井《い》の頭《かしら》公園を西から東に横切る。セミの幼虫が路上を歩いていたのでそのへんの植え込みに移動させた。2匹もいた。もう、どんどん鳴き始めるぞ。

あちこちで、花火をしている家族連れや若い男女のグループが目についた。すぐ花火とわかる独特のけむりの匂いを感じる。他人の花火を横切ると、誰かの青春の1ページを立ち読みしているような感覚になる。この日のことをみんなずっと覚えているんだろうか。案外、通りすがった自分だけがしつこく覚え続けていたりするんじゃないか。

推しキャラ

漫画などの「推しキャラ」について。好きなキャラクターの活躍を願うのがファン心理というものだが、だからといって作中で幸福になればいいのかというと、そういうわけでもない。むしろ「好きだからこそ死んでほしい」と思うこともある。こいつはものすごく良いキャラクターだから、この最高のタイミングで華々しく死ぬべきだったんだ！　という心理だってある。

現実でも「大好きだからこそ、あのバンドはあのとき解散しておくべきだった」「あの選手はあのとき引退しておくべきだった」みたいなことはある。さすがに「死ぬべきだ」というようなことを表立って言う人は少ないが。

フィクションでは、キャラクターの生きざまが丸ごとパフォーマンスとして機能する。現実では誰かの人生全てを見世物にするのは倫理的に許されないが、物語の中ではそれが許される。人間の人生全体をひとつのアートとして堪能したがっている人は多い。若くして亡くなったアーティストが神格化されるとき、そんな欲求が現実側に漏れ出てきているのを感じる。

帰り道

大きな仕事をこなしたあと、終電を逃し、長距離を歩いて帰った。携帯のバッテリーは底をつき、予備モバイルバッテリー2台はいずれも未充電で使えず、ただただ前を見て歩いて帰った。

繁華街を走り抜けるネズミを発見した。その直後に「エッチしたい！　お姉さん串カツ田中行かない？」と叫ぶナンパを目撃して嫌な気分になった。それが人間に声をかける態度か。

富士そばでかけそばをいただく。妙にうまく感じる。

お金のなさそうな、派手な服を着た若者たちがシャッターの前でしゃがみこんで輪を作り、チューハイ片手になにか喋《しゃべ》っては大笑いしている。「よーく考えよー、お金は大事だよー」という20年近く前のCMソングをいま大声で歌っている人がいた。立っている女性の長いスカートの裾《すそ》にミネラルウォーターをかけて、なにかを洗い流している男性がいた。いろいろなシナリオの最後の方だけを断片的に見せられている。

観劇

舞台『昼下がりの思春期たちは漂う狼のようだ』を東京芸術劇場で観た。

これはすごい。えぐり取られた。24人の中学生と3人の大人が登場する、純度の高い群像劇。芝居が始まった瞬間、その場に「教室」が立ち上がってゾクッとした。あの、好き勝手に動き回る意思をひとつの空間に押し込めたときに生じる、ざわざわとしたゆらめきがそこにあって、自分の中学時代の記憶が一気に引きずり出された。これはすごいものが始まったぞ、と思った。

内容は苛烈だった。ままならない現実と不定形の自我を持て余し、格闘し、溺れる中学生たちの姿が鮮明に描かれていて、観客は正面からその痛みを受け止めなければならない。本当に容赦がない。しかしそれでいて、ボケやカスやクズも含めた全ての人間を舞台という大きな腕で抱きとめる優しい眼差しがあって涙が出て仕方なかった。私は「人生」というものが各個人それぞれに存在していること自体に〝途轍もなさ〟を感じる。ときどきその〝途轍もなさ〟の片鱗を日常に見出しては押しつぶされそうになるのだ。ああ、人間がいる！　舞台に27人、地球に80億人……。

観劇中から帰宅するまでの間、中学の特に仲良くもないクラスメイトのことがたくさん脳裏をよぎった。横から肩を殴ってメガネを奪ってきた不良、特別支援学級から一般クラスに移ってきた女子、教室の壁に穴を開けて隣とつなげようとしていた男子、ヤンキーっぽい女子の父親が右翼団体の幹部で、授業参観中に軍歌の着メロを鳴らしていたこと、薬局の職体験で同じ班になって女子と避妊具の品出しをすることになり気まずかったこと、数ヶ月後にその女子が不登校になり二度と学校に来なかったこと。高校受験の会場で、同じクラスだけどあまり喋ったことのない男子を発見し、試験後に答え合わせしながら帰ったこと。そのあと自分だけ受かったこと。

他にもいろいろと、なんとなく忘れていた中学校のザラザラとした手ざわりが思い出されるのだった。やつらにはやつらの生があって、ちょっとしたきっかけでその断面が傷口みたいに姿を現す。この劇では重なった27個の円とその接点で生じる摩擦熱が俯瞰《ふかん》される。教室の内部からでは見えないものだ。

人が演劇を観るのは、神になって——自分を消去して——全てを愛したい、というような欲求があるからではないだろうか。個別的な生から解放されて、観客席というナナメ30度の視座から世界を見下ろし、抱擁するのだ。

シャイ

小学生のとき、「子ども発明教室」に通っていた。小中学生を集めて工作をやったりするところだ。

おじいさんの講師が「ものさしと定規は、ぜんぜん違うものです。ものさしは物の長さを計測するためのもの。定規は線をまっすぐに引くためのもの。だから、定規の目盛りを信じてはいけません」と言っていて、子どもの私は「へぇー」と思った。

この場所で得たものはその知識である。

発明教室に通う数ヶ月は苦痛だった。最初はワクワクした。その頃の私は「発明」に凝っていて、特許の本を読んだり、段ボールで変な装置を作って遊んだりする弱いキテレツみたいな少年だった。だから親も「こういう教室があるんだって」と教えてくれたのだと思う。

発明教室では子どもが大部屋に集められ、班ごとに着席する。かつてなんらかのすごい発明をした技師のおじいさんが講師として教卓に立ち、エジソンは竹でフィラメントを作って、というような話をする。それから、各自でなにを作ってもいい自由工作の時間が始まる。必要な道具は一通り揃っていて、木材やプラスチックなども用意されている。やろうと思えば、はんだ付けなどをする本格的な電子工作もできた。

ただ、そういった道具を使うには、講師のおじいさんに一声かけなければならなかった。私は内向的な子どもで、集まった同世代の子たちとも終始一言も会話をしなかった。講師にお伺いを立てるのだってだいぶ嫌だったが、せっかく親が会費を支払っているのに何もしないでじっと座っていたら後で色々言われるだろう。それも嫌だ。20分くらいモジモジしてからようやく勇気を出し、講師に「あの、電池……」と声をかけた。

すると、講師は「チッ」と舌打ちした。

今になれば、そこに悪意がないことがわかる。老人は口の筋肉が劣化しているため、ツバをうまく嚥下《えんげ》できなくて舌打ちに似た音を鳴らしまくるのである。しかし当時そんな老人のフィジカル事情を知るよしもないから、私はなにか講師の気分を害したのだ、と思い込み、大変なショックを受けた。

それ以降、必要な材料や道具を借りるために声をかけるのが怖くなり、勝手に持っていってもいい端材を使って家でもできるような工作を作り続けた。ベニヤ板を糸のこぎりでバラバラにしたものを「パズルの発明」と定義していた。同じ班にいた子はリモコンで自由自在に動くロボットアームを作っていて、それと見比べたときの自分のパズルは、今でも鮮明に思い出せるくらいみすぼらしかった。

あのときの惨めな感覚は、今もなお突き刺さって抜けない。このままだと自分はシャイなジジイになる。シャイなジジイが話のカギを握る物語を見たことがあるだろうか？　ないだろう。この世にシャイなジジイの居場所はないのだ。

ドキュメント日本～現代の鍛冶職人

古都、奈良――。

積み重なる歴史の陰影を随所に残すこの地には、かつていくつもの「刀鍛冶《かじ》」が存在した。

刀剣は武士の魂とも言われる。刀匠が何百年も積み重ねてきた技工が一振りの中に込められている。硬くしなやかで軽く、しかし鋭い。令和を迎え、刀鍛冶の伝統が絶えつつある現在でもなお、人は日本刀の美に魅せられる。

奈良県、橿原《かしはら》市。

ここに、900年の歴史を背負う刀鍛冶があった。

名は「最強無敵鍛刀場」

そんな看板を恥ずかしげもなく掲げ、今日も鍛冶に全身全霊を捧げるのは、刀匠の木村眞太郎さん、35歳。代々続く最強無敵刀づくりを現役で受け継いだ長男だ。

「うちはずっとこれ（刀鍛冶）ですね」

我々の取材に答えるときも、鋼を鍛える手は止まらない。その真剣な表情には、親から子へと受け継がれてきた魂の火が灯っていた。

現代において、刀剣づくりを家業としている家系は数えるほどしかない。その中でも、ここで作られる「最強無敵刀」は特別なのだという。鍛冶を間近で見ると、その理由はすぐにわかった。

動きが、ぎこちない。

眞太郎さんの手つきは、驚くほどにぎこちなかった。空いた手は目的もなく左右にさまよい、常に震えている。鋼を打つときも、左手を叩《たた》き潰《つぶ》しそうな危うさがある。「あ〜あ」「まあいいか」「はぁ〜」といったため息が頻繁に聞こえてくる。職人と言うには、あまりにも不安定な技工。いったい、何故なのだろうか。

「勘で作ってるんですよ」

終業後、眞太郎さんはそう答えた。

「うちは代々、勘で刀を作ってるんです」

眞太郎さんは押し入れから古びた書物を出してくれた。それは木村家の家系を記したものだった。それによれば、木村家のルーツは鎌倉時代にまで遡ることができる。

木村家の先祖、和親（かずちか）は1100年代の奈良で生まれた。彼についての詳細な資料はほとんど残っていないが「刀剣」に異常な執着を示し、近隣から白い目で見られていたことがわかっている。奈良の郷土資料館には、和親の人となりを窺《うかが》うことのできる、こんなエピソードを伝える資料がある。

「農作業の重労働で肩が痛いと話していたら、『肩が』を、『刀』と聞き間違えた和親が満面の笑みで近づいてきて、気味が悪かった。早くどこかへ引っ越して欲しいものだ」（現代語訳）

和親は武士ではなかったが、刀に強い憧れを抱いていた。いつしか和親は自分の手で刀を作ろうと思いたち、誰に頼まれるでもなく刀鍛冶を名乗り始めた。名前は、最強無敵鍛刀場。

「最強無敵」——今もなお木村家に伝わる家訓である。

「ああ。ありました。これが当時、和親が初めて作った刀……『無限超越丸』だそうです」

そう言って眞太郎さんは自宅の戸棚を漁《あさ》る。洗剤やトイレットペーパーをかき分け、貴重な刀『無限超越丸』が取り出された。全長は約20センチほど。刀というにはあまりにもみすぼらしい、かつお節のような木片がそこにあった。いや、かつお節だとしても、貧相なかつお節と言えるかもしれない。約900年の歴史を経てなお衰えることのない、しょぼさ。側面にへろへろと不安定な筆文字で書かれた「最強無敵」が、一種の凄みすら醸し出している。

——刀は、金属ではないんですね。

「そうですね。硬くて諦めたみたいです」

このようなエピソードからも、先祖・和親の根気のなさが窺い知れる。

当然ながら、和親が作った刀が武器として使われたという文献はこれまで見つかっていない。出雲《いずも》で龍を退治したという伝記が発見されたこともあったが、これは和親自身の筆跡と酷似していたため、悪質な捏造《ねつぞう》と結論づけられている。結局、和親は鍛冶職人として大成することなく、50歳で病に臥《ふ》せ、その半年後に没した。

需要のない刀を作る職人がいた——。

ここで、ひとつの疑問が浮かぶ。この家系はなぜ、現代に至るまでその血を絶やすことなく、刀を作り続けているのだろうか？

「先祖の無念を晴らしたいっていうのはありますね」

眞太郎さんはそう答えた。

「ご先祖様は（刀剣が見向きもされなくて）悔しかったと思うんですね。だから、いつかはちゃんとした刀を作りたいと」

木村家はそのために「最強無敵」の名を受け継いできた。では、約900年を経た現在、刀剣はどのような進化を遂げたのだろうか。

「これが一番最近（作った刀）ですね」

眞太郎さんは、ケースから黒く細長いものを取り出した。

「真・無限超越丸です」

真・無限超越丸と名付けられたそれは、まるで1・5メートルほどの長さに拡大した毛根だった。しかし、よく見るとそれは鋭利な鉄の棒である。たしかに、元祖『無限超越丸』に比べれば、刀らしいと言えないこともない。だが、尖《とが》った先端はともかく、側面に刃らしきものは認められない。鍔《つば》も柄《つか》もない、抜き身の巨大毛根としか言いようがなかった。

我々が戸惑っていると、眞太郎さんははにかんだ。

「2年かかりました」

通常、刀鍛冶になるためには最低でも5年間の修業期間を経なければならない。しかし最強無敵鍛刀場では、誰かのもとに師事する修業期間というものが存在しない。その理由は「人見知り」にあるという。

「知らない人と話すのって緊張するし……大きい声で怒られたりしたらと思うと、ちょっと(弟子入りとかは)無理なんですよね。コンビニもセルフレジがない店は怖くてちょっと入れないですね」

代々刀鍛冶を受け継ぎながらも、みな極度に内気であったため木村家には技術的な積み重ねがほとんどない。しかしそのことで「それぞれが我流を貫き、全て勘で刀を作る」というスタイルが確立したのだ。

「それでも、進歩はしてきてると思ってます。最近はこういうのもありますし」

眞太郎さんはスマホの画面を我々に見せてくれた。それはYouTubeに投稿された刀鍛冶の映像だった。彼はこの画面を見ながら、見様見真似で刀を作ろうとしているのだという。

「とにかく、金属を熱して、それを叩くのが大事なんじゃないかなと思って。試してみてますね」

眞太郎さんはどこで見つけてきたのかわからない金属片をパン用トングで摑むと、ガスコンロの火に晒《さら》した。硬質な素材がじわじわと熱を帯びていく。

「叩きます」

金属片をトレイに移し、おもむろに金槌で叩いていく。終わりも見えなければ、正解も見えない。途方もない、無益で闇雲な作業。それでも眞太郎さんは、額から汗を垂れ流しながら金槌を振るい続けた。

そのとき、事件は起こった。

「あっ……あーあーあー……」

手元が狂い、眞太郎さんの振り下ろした金槌が、台所の縁を強く叩いてしまった。シンクの一部が欠け、床に落ちた。

「あー、賃貸なのに……あーあ……」

眞太郎さんは突如のハプニングに意気消沈し、貝のように押し黙ってしまった。こちらからの問いかけにも応じようとしない。およそ1時間後、眞太郎さんは何かを決意したような顔で立ち上がり、玄関へと歩いていった。

行き先は、刀場の前。

眞太郎さんは掛けてある「最強無敵鍛刀場」の看板を取り外した。

「今日で廃業ですね」

突然訪れた伝統の終わり。しかし眞太郎さんの表情はどこか晴れやかで、長く続いた呪縛から解き放たれたような面持ちに見えた。

――これからはどうするんですか？

「もともと、刀は一本も売れたことがなかったので。まあ、これまで通りバイトですね」

眞太郎さんは地元の快活ＣＬＵＢでアルバイトを続けている。これからは刀剣製造から足を洗い、快活ＣＬＵＢ一本に活動を集中するという。回収シールを貼られ、粗大ごみとして運ばれていく真・無限超越丸。それを見送る眞太郎さんの表情に未練は感じられない。

和親が最強無敵鍛刀場を開いてから、９００年以上の年月が経った。その間に変わったものもあれば、変わらないものもある。末裔《まつえい》である眞太郎さんは、今日このとき「変わること」を選んだ。

勘で刀を作るという挑戦。それは結局のところ、たんなる無謀だったのかもしれない。しかしここには、すでに積み上げられた歴史がある。眞太郎さんの決断には、そう思わせるほどの重みが感じられる。

奈良県、橿原市。ここには、かつて900年の歴史を背負う刀鍛冶がいた。

栄光

人生には、客観的には大したことないが、個人的には何度も思い出す「プチ栄光の瞬間」がいくつか存在する。私にとってのそれは豚レースである。

今もやっているか知らないが、千葉のマザー牧場では子豚を競馬のように走らせて順位を当てるこぶたのレースという催しが存在していた。

子どもの頃にマザー牧場に行って、こぶたのレースに参加した。私はレース前の子豚を1匹ずつじっくりと確認した。そこでよく見たのは耳だ。健康状態のいい動物は清潔である、という知識をどこかで仕入れていた私は、パドックに並ぶ豚の中から、最も耳の内側がきれいな豚を選んだ。

レースが始まるとその豚はみるみるうちに他の豚をごぼう抜きし、見事に1位の栄冠を手にした。単勝でその豚に賭けていた私は、商品として豚の大きなぬいぐるみを貰《もら》った。それから家で豚のぬいぐるみを抱くたび、マザー牧場でのプチ栄光を思い出すのだった。
十数年後に行った競馬では予想を全て外して悪態をつきながら帰った。

遠慮

仕事で野外撮影をする機会があると痛いほどに実感することだが、世界は、あまりにも、自分のために存在していない。ちょっとでも映像に関わった人なら同意してもらえるはずだ。たとえば、個人制作ドラマの映像を撮るとする。内容はなんでもいい。自宅から出てきた男がＣｏＣｏ壱番屋でカレーを食べて帰る、みたいな話でもいい。しかし、それを撮ろうとした瞬間に森羅万象は牙を剝いてくる。

俳優がそこらの大通りを歩いているシーンを撮影してみよう。あなたは絶対に「あれ？ そのへんを走ってる車ってこんなにうるさかったっけ？」と思うはずだ。こんなに救急車って通るっけ？　子どもってこんなに騒ぐっけ？　パトカーの巡回ってこんな高頻度である？ こんなとこにピアノ教室あった？　ここにボサノバ教室があったなんて聞いてないが？　竿だけ屋はなぜ潰れてくれないのか？

音だけではない。ビデオカメラを構えた瞬間、あらゆる人物や物体が、圧倒的存在感を放ちながらやってくる。同じ場所を延々と往復する老人。ホストクラブのアドトラック。出前館のバイク。LUP。蜂。サンバカーニバル。

そういう経験を経ると、街歩きグルメレポ番組が精密に管理されて成り立っていることがわかる。ああいう番組で、背景にパトカーが停まっていたり、事情聴取を受けている人が映り込んでいたりすることはない。しかし実際の路上はそんなノイズでいっぱいなのである。プロはそんな外部の侵入を上手く追っ払い、タイミングが合うまで待ち構え、遠慮なく襲いかかる世界をどうにかこうにか撥《は》ね除けている。

これはキレイに編集されたテレビ番組や映画だけを観ていたら案外気づけない事実である。世界全体が悪意に満ちた嫌がらせを仕掛けてくるかのようなあの感覚は、実際にカメラを構えてみないとなかなか理解できない。こんなにも「世界」には遠慮がない。

価値

デパ地下に行った。デパ地下って好きだな。いいものがいっぱいあるから。そのほとんどは自分とは無関係なんだけど、鋭角だったり緑色だったりするチーズを眺めているだけでも「こういう良い世界があるのだ」と思う。いかにも資本主義的な発想か？　これは。

いや、でも「いいところにはいいものがある」という意識自体はあってしかるべきなんじゃないか。その配分が不均衡になるのがよくないだけで。牛丼を食べながら「食べものなんて全部この牛丼と同じだろ」という意識に飲み込まれていくほうが、世界をのっぺり同質なものとみなして神経を鈍麻させていくことになって危険だと思う。

そんなことを書くのも、ほかならぬ私が「全部牛丼だろ」と思ってしまいがちな人間だからだ。でも違うものは違うし、良いものは良い、悪いものは悪い。違うものは違う。

昨年、セラバアドというレストランでコース料理を食べたことは自分の中でとても大きな体験だった。普段私がやっている「食事」が、食という広大なフィールドのほんの一部分を満たすものにすぎないと知ったからだ。そこで提供されたのは、木の枝に巻きつけられた肉、濡れた石、線香花火など、想像を絶する料理たちだった。一口食べるたびに味覚を司るソフトウェアがアップデートされていくような感覚を味わった。食事には単なる「うまい」以外に無数の可能性がある。それは、食事を解釈する自分の内側にも同じだけ広がりがあるということでもある。「良いものは良い」という事実を心に留めておくと、内面の敷地面積を広くできる気がする。

ただ、なんでもかんでも「〝良く〟あらねばならない」「〝良さ〟を目指さなければならない」

という価値観も狭量で、貧乏くさい。

貧乏と貧乏くさいのは違う。貧乏は状態だが、貧乏くささは価値観の発露だ。キャンペーンに協力した人にお金を配ります、という大富豪の企画は貧乏くさいのである。昔、テレビで芸人が「全く売れていなかった頃、暇すぎて、アパートの畳の目を数えきったことがある」と言っていたが、これは極めてリッチだと思った。

奇跡

今日は有給休暇だった。しかしあまり楽しい気分ではない。

先週、税務署から手紙が届いた。なんか難しいことがたくさん書いてあってよくわからなかったので電話をかけて「よくわからないので直接説明してください」と素直に言った。そして今日、税務署で説明を受けてきた。

話を聞いてわかったのだが、私は前年度の確定申告をしていなかったらしい。耳を疑った。ちゃんと帳簿をつけて電子申告した記憶があるからだ。ところが確かめてみると送信した記録がない。最後の最後で「送信」ボタンを押すのだけ失敗していたらしい。私のは記録より記憶に残るタイプの確定申告だった。

よって追徴課税が発生しました。期日までに支払ってください。以上。税務署を出ると湿度を含んだ空気が全身を包んだ。日差しが畳針のように鋭く差し込む。帰宅中の脳内は金と帳簿のことばかりだ。金金金……数字数字数字……。多額の出費が生じることは百歩譲っていい。憂鬱なのは未来だ。これから先、同じような間違いを何度もやるような気がする。今後も年に一度の頻度で同じハードルが前方からやってきて私の足に引っかかると思うと、ジメジメした気持ちになって仕方がないのであった。

残りの寿命に平均的な生活費を掛けたり割ったりしながら歩いた。早く一生暮らせる分のお金を稼いで世間から雲隠れし、FIRE（自分の身体に火をつけること）したい。

もう税理士に全部任せる。そう決断した。何年か前にもチャレンジしたが、必要書類を揃えて税理士に送るという、たったそれだけのことができずに挫折したのだった。今度こそやる。来年からはもう、巨人の肩に乗って高笑いしながら税金を払ってやる。

税理士依頼料見積もりとか面会予約とかをコンサータの力を借りて済ませ、喫茶店でプリンを食って荒れ果てた心をなだめすかし、陽も落ちてきたので帰宅がてらスーパーに行こうと思った。気分を変えたいし、普段行かない遠いスーパーに向かってやろう。

すると、歩道を何か黒っぽいものが移動している。

近づいてみる。どうやらそれは甲虫だった。植え込みに向かってのそのそと歩いている。カナブンだろうか。

いや、カナブンにしてはでかいな。

なんとなく拾い上げてみた。カナブンの大きさはせいぜい3センチ程度である。今私がつまんでいるコイツは、少なく見積もっても5センチ以上はあるように見えた。そして、横から見たときの「厚み」がすごい。なんというかワンボックスカーを思わせる立体なのである。

これはカナブンじゃないな。もしかしてカブトムシか？　メスの。

初夏である。ありえない話ではない。しかしこんな場所で、変なの、と思って眺めていたら視線を感じた。振り向くと見ず知らずのおばあさんが私の謎メスカブトを興味深そうに眺めている。

「あらあなた、それなあに？」

「えっと、たぶんカブトムシ……メス？　だと思うんですけど」

「やだ、そこにいたの？　きっと迷っちゃったのね。こんなところに放っておいたら死んじゃうわよきっと」

「そうですかね」

「この子、飼いなさいよ」

いきなりすごい責任を負わせてくるではないか。私は子どもの頃に飼育していたオオクワガタを死なせたことがあり、昆虫の飼育に苦手意識がある。それに、追徴課税を知らされた日にメスカブトを飼う気にはなれなかった。

「うーん……家だと飼うのは難しそうで……」

「じゃあもっと自然の多いところで放してあげたほうがいいわよ!」

たしかに私がメスカブトを発見したのは、都心部大通りのどまんなかにある植え込みである。そこらへんの木にくっつけてどっか行こうと思っていたが、考えを改めた。このまま放っておいても車に轢《ひ》かれるかなんかして死ぬのは時間の問題だ。

仕方ない、これもなにかの縁だと思い、私はしばらく歩いた先にある公園へと向かった。

メスカブトはというと、私の手をはねのけようともものすごい力で身をよじらせ続けている。信じがたいほどの力である。かつて流行した手の中で回転させるおもちゃ「パワーボール」と同じくらいの抵抗が手に伝わってくる。成人男性の手の力でもギリギリ抑え込めないほどだ。

これ、手でつまんで持ち運ぶの無理だな、とリュックを漁ると、ふだん愛用している鼻炎薬「ナザール」の箱が出てきた。先日買って開封し忘れていたものがたまたま入っていたのだ。その中身を取り出してメスカブトを入れると、ちょうどワンボックスカーを車庫入れしたようにすっぽり収まった。よし、こいつは「ナザール」と名付けよう。

逃げ出さないよう、前後の出入り口を指で押さえる。すると、中でもがいてガリガリと内壁を掻《か》くナザールの振動が伝わってきた。昆虫特有のカサカサとした軽さがまるでない、力強いもがき方だ。生きたまま埋葬されてしまった人間が必死で木棺を引っ掻くような迫力がある。

そこそこ広い公園に到着。適当な木を見つけ、箱からナザールを取り出してくっつけた。ここなら交通事故に遭うこともないだろう。お別れの時間だ。

と、改めてこのメスカブトを見て違和感を覚える。

いくらなんでもデカすぎないか。

よく考えたら、去年に昆虫採集をしたとき発見したカブトのメスはこんなんじゃなかった。もっとずっとちっちゃかったし、体色も光沢を帯びた深いブラックだった。こんな茶色がかってざらついた触感ではなかった。

まさか、外来種じゃないだろうな。飼いきれなくなった外来種のペットを逃がしたり、飼育が適当なせいで脱走されたりという話はたまに聞く。こいつもそういう出自なんじゃないのか。そこでナザールの写真を撮影し、私の運営する匿名Ｄｉｓｃｏｒｄコミュニティにアップロードしてみた。メンバーが数万人いるから、中には昆虫に詳しい人間もいるだろう。

「これなんだと思いますか？」

たった数分で返答があった。

「ヘラクレスオオカブトでは？」

なるほど……ヘラクレスオオカブト⁉

外来種だろうとは思っていたが、その中でも頂点といえる名前が出てきた。半信半疑で検索してみると、なるほど確かにそっくりだ。今目の前の木に張り付いているナザールと、Ｗｅｂで見られるヘラクレスオオカブトのメスは瓜ふたつ。都心でヘラクレスオオカブトを拾うことってあるんだ。どうぶつの森でもめったに捕まえられないのに。１２０００ベルで売れるのに。

じゃあこれ、そこらへんの公園に放虫したらダメなんじゃない？

どうしたらいいのかＤｉｓｃｏｒｄで引き続き質問してみたら「警察に行ってみては？」

とアドバイスされた。なるほど。ある意味「落とし物」といえるわけだし、行って損はなさそうだ。再びナザールちゃんを箱に突っ込み、今度は交番へと足を向けた。

「すみません、さっき近くでヘラクレスオオカブトを拾ってしまいまして。これってこのまま放しちゃったらよくないですよね？」

警官は目を丸くしたが、悩ましげな表情を浮かべて言った。

「うーん、こういうのはウチとしてもどうにもできないところがあるんだよね。拾得物として保管しておくことはできるけど、あくまで拾得物としてだから、世話できるわけじゃないの。そうしたら死んじゃうでしょう？」

「あー、それはちょっと、避けたいですね」

「だから立場上あまり具体的なことは言えないんだけれども、自分で飼っていただくか、あるいは引き取ってもらえる人を探すとか。わからないけど、ペットショップとか……」

なるほどペットショップ！　たしかに、昆虫を扱っている店ならどうにかしてくれるかもしれない。

しかしこの時点で時刻は20時半を回っており、大抵の商業店舗は閉店している。こんな時間で対応してくれるペットショップなんてあるのか？　明日出直すか？　いや、会社あるし……そもそもヘラクレスオオカブトってどれくらいほっといたら死ぬんだ？

一気にめんどくさくなってきたが、ナザールは箱の中で元気いっぱいにジタバタしている。その抵抗感は文字通り「命の重み」で、それを感じていると悩んでいる意味はない気がしてきた。私はろくに調べもせず、ネット検索して出てきた昆虫ショップに電話をかけてみた。

「はい、昆虫ショップの◯◯です」

「あのー、相談がございまして。実は先ほどですね、都心部でカブトムシを拾いまして、妙に大きいので調べてみたらどうやらヘラクレスオオカブトのメスっぽくてですね。これをそのまま放すのはマズいかなと思って交番に相談してみたら、警察ではどうすることもできないと。それでですね、可能であればちゃんと飼育できる方にお譲りするといったことはできないかなと思いまして、お電話差し上げたんですけれども……」

「申し訳ないんですが、そういったことは当店では行っていなくて……」

「あっ、ですよね……」

予想していた答えではある。私は肩を落とした。

「でも、いったん社長と相談してみますね」

保留音が鳴った。もしかして少しでも可能性があるのだろうか。30秒、1分と、時間が経過する。ナザールの運命が、このメロディの先で今決定されている。

「お待たせしました。商品として買い取ることはできないですが、そういう事情でしたら当店で引き取って飼育しますよ」

目の前がパッと明るく開けた。得体のしれない虫（しかも外来種）をいちいち買い取るようなサービスはどこも行っていない。完全なる厚意であり、店舗というよりは昆虫好きの一人間としての判断であるように思われた。

「本当ですか！　ありがとうございます。では今から向かいます」

電話を切ってから気づいたが、その昆虫ショップはとても、すごく遠くにあるのであった。乗り換えは3回する。しかしもう、なんか全部どうにでもなれの感じになっていたので、私はナザールの箱を握りしめて迷わず駅へと向かった。

素知らぬ顔で電車に揺られる。その右手が摑んでいる鼻炎薬の箱には巨大なヘラクレスオオカブトのメスがいて、カリカリカリカリと内側から脱出を試みている。驚くのはその体力だ。今なお大層な力で箱から脱出せんとしており、度々ボール紙の隙間から手足を出しては私をひやりとさせた。

本来なら家でコンビニごはんを食べていた時間、私は全く来たことのない駅にいた。住宅街の中に佇《たたず》む某昆虫ショップにたどり着き、戸を開けると、戸棚にびっしり入った虫かごと、黒光りする甲虫たちが目に入ってきた。

「あのー、さっきカブトムシを拾ったという電話を差し上げた者なんですけれども」

そう伝えると、店員さんのひとりが「ああ!」と叫んだ。

「この箱に入ってます。たぶんヘラクレスオオカブトだと思うんですけど」

箱の蓋を開ける。店員さんは覗《のぞ》き込むのと同時に「あっこれはヘラクレスですね」と言った。判断が早い。プロの目だ。そして、やっぱりヘラクレスだったのか。

「たぶん力が強いから、カゴを脱走して逃げ出しちゃったんでしょうねー」店員さんは「きっとお腹が空いてたんですよ」と言って昆虫ゼリーを開けた。するとナザールはすごい勢いでゼリーにむしゃぶりついた。人見知りとかしないタイプのようだ。

ナザールは、店のペットとして飼育してくれるという。厚意である。ありがたいことだ。

店員さんは「よかったなーお前、命拾いしたぞ」と言って背中を撫《な》でていた。きっとここなら安心してゼリーを吸い、木片にしがみついて暮らせることであろう。どうにかヘラクレスの安住の地を見つけることができた安心で身体の力が抜けた。この時点で22時を回っていて、帰宅する頃には日付が変わっていた。

変な1日だった。いろいろな要素が複雑に絡み合わなければ、今日という日は成り立っていなかったはずだ。

私が確定申告を失敗していなければ、有給休暇をとることはなかった。

なんとなく別のスーパーへ行こうと思っていなければ、不審な甲虫を見つけることはなかった。

鼻炎薬を買ったばかりでなければ、拾ったメスカブトを入れる容器がなかった。

そして、おせっかいなおばあさんがいなければ、渋い顔でやんわりと気遣ってくれた警察官がいなければ、なにより、昆虫ショップが1軒だけオープンしていて、飼育を受け入れてくれなければ。ナザールは今にも死んでいたはずなのである。

これはなんらかの奇跡といって差し支えない気がした。こういうふうに偶然に振り回される日は悪くない。帰り道でたまたま「実物大ヘラクレスオオカブトガチャ」を発見し、記念に購入した。当然ながらオスのヘラクレスが出てきた。

もし拾ったのがオスだったらナザールの箱に入りきらなかったことに気づいた。

イデアのゆりかご

No.07　空想人物死去解釈

Fiction

Metafiction

義務

食事をする予定があるときに限って事前になにか食べてしまう。

知人の結婚披露宴にあと10分で到着しなければならないとき、海鮮丼の店の前を通りかかって、いくら丼を5分でかっこんで食べたことがある。結婚披露宴ではごちそうが振る舞われることを知っているにもかかわらずだ。しかも、別にいくら丼が食べたかったわけではなかった。いくら丼を食べなければいけない理由なんて何もなかった。

本当に意味がわからないし、わかってもらえるとも思えないが、そのときの私は店を通りかかった瞬間に「この海鮮丼、5分で食べれば披露宴に間に合うな」と思ってしまったのである。そう思った瞬間、なぜか思考が「海鮮丼を食べなければ」に変質した。

「できる」と「やらなければ」の区別がつかないのかもしれない。こんな悪癖は治さなければ。でも、やらなければならないことを「できる」と思えるかと言うと、それもまた別の問題なのである。

恐怖心

私は手先が不器用で、アルコール依存症でもないのに手が常に小刻みに震えている。そのせいか、私の包丁さばきは周囲の人に不安な印象を与えるらしい。しかし自分ではその感覚がない。包丁なんて刃を当てたところが切れるだけの簡単な道具だと思っている。自動車を運転するゲームのプレイ配信をしたときにも同じようなことを指摘された。「お前の配信を見ると絶対に悪夢を見る」といろんな人に言われた。危機を察知する本能がちょっと鈍いのかもしれない。

みんなが言うには「包丁をそんな持ち方したら絶対ケガする。怖すぎる」とのことだが、自分だけピンときていない。怖いと思えない。

包丁やナイフでケガをしたことは何度もある。血が出るし痛いので「うわー、気をつけよう」と思う。だが、そのときそう思うだけで、ぜんぜんトラウマにならない。私は「懲りる」ことが全般的に苦手だ。過ちや辛い思いを、つらい感情とともに振り返るのがヘタな気がする。過去の理不尽な仕打ちを昨日のことのように振り返って新鮮に怒れる人を見ると感心する。

まず包丁の怖さを思い知るところから始めなければならない。「包丁が刺さると痛い」と書いて壁に貼っておこうか。

計画

いわゆるライフプランニング、デザインされた人生などというものは本当にくだらないと思う。たとえそういった周到さが良い結果をもたらすとしても、本質的にくだらないことだと思ってしまう。

これはわりと感情的な価値観に基づいている。寺や神社で騒ぐなとか、そんなモラルに近い感覚である。未来という暗黒はオーロラやウユニ塩湖など比較にならないほどの神秘であり、本当なら立っていられないほどの恐怖と畏敬《いけい》を感じなくてはならないものだと思う。そんな未来を予定で埋めてコントロールしようとすることは、私に言わせれば「罰当たり」だ。

未来に対する敬意の有無は、生き方の立派さとは別の部分でにじみ出るものだと考えている。自堕落な生き方をしているように見えて、未来への敬意に満ちている人もいる。

公開

昔、小説家の森博嗣がＷｅｂで連載していた日記『ＭＯＲＩ　ＬＯＧ　ＡＣＡＤＥＭＹ』を愛読していた。科学、工学、文学、日記と扱う範囲が幅広く、ユーモアが知的で、毎日こんな文章を（小説とともに！）書けるなんてすごいと思っていた。

あるときの日記に「仮に親族に不幸があったとしても、私はこの日記にそのことは書かない」というような内容のことが書かれていた。当時は読み流していたが、ずっと日記を書き続けている今なら、その意味が実感を伴って理解できる。全ての公開される日記はコンテンツであって「生活そのもの」ではない。

Ｗｅｂで人の日記を読んでいると、その人の暮らしや気持ちを理解できたような気分になることがある。もちろんそれは錯覚にすぎない。読者は書き手が取捨選択した断片を与えられているだけで、内容が真実であるという保証もない。私の日記もそれに当てはまる。書かれたことより書かれていないことのほうが圧倒的に多い。私がここに書く内容は、たとえ他愛ないものであっても、共感や理解によって一般化され、流通することを前提とした貨幣のようなものである。

一方で、私は公開の場で不特定多数に向けてなにかを書くことに慣れすぎてしまっているとも思う。密室の対話や売り物にならない孤独の言葉もまた、消えていくけれどもそこにあったのだ。それを忘れたくはない。ともかく、この日記を読んで私のことが「わかる」というのであれば、それはまちがいだ。ということを、誰よりもまず、今後日記を読み返す自分に向けて言っておく必要があるだろう。

殺意

やることがいろいろあって、しかも信じられないようなミスをいっぱいやらかしているのであまり余裕がない！

週末のカレンダーに地名だけ書かれた予定が入っていて「なんだっけこれ？」と考えるも全く心当たりがなく、まあ、思い出せないということはあまり重要じゃないのかな？と思って考えるのをやめ、2時間が経過したあたりで電撃のように「それ」を思い出した。超重要な用事だった。すっぽかしたら永遠に取り返しがつかないレベルの。なぜそんな予定に地名だけを記したのか、自分で自分がわからない。そしてなぜそれを忘れることができてしまったのか。

私は本当に周囲の人間に恵まれていると思う。毎日、そう感じなかった日がないくらいに実感している。

そのうえで毎日「ギャーッ」「助けてくれー」と言いながら暮らしている。結果的にうまくいってるんだからいいじゃん、アンタは恵まれてるんだよという指摘はきっと正しい。だけど「結果的にうまくいっているだけ」なんだよなと考えるだけで足元の底が抜けていく。厄介な思考だ。

さらに厄介なのは、世界に対する憎悪の気持ちが全くなくならないことだ。おまえのようなものは本来なら頭を垂れて生きるべきではないか？　という声が内側から聞こえてくる一方、どうしても「お前らは全員間違っている」「どうかしてるよ」「狂っている」という怨嗟《えんさ》が湧いてきてしまう。

私は大好きなんですよ。あなたのことも、あなたのことも、あなたのことも、あなたのことも。ひとりひとりに心から感謝している。ただそれをまとめて「お前ら」と認識すると途端に「殺してやる」と思ってしまう。なんかずっと昔からこうだ。どうしたらいいんだ。

悪意

「頻出ツイート100選」という記事を書いた。Ｔｗｉｔｔｅｒ上で何度も繰り返される話題を100種類集めてリストにしたものだ。軽い気持ちで書いたら想像以上に拡散された。最初は面白がられていたが、やがて記事の無神経さと冷笑的な攻撃性が批判され始めた。誰かを直接的に攻撃する材料に使い始める人もいた。「死ねばいいのに」という文字が目に入ったとき、記事を削除した。

頭の中で自己嫌悪と人類憎悪を交互に繰り返しながら歩いていたら、美味しそうな大福を売っている物産展を見つけた。

餅でくるまれたアンコでも食わなきゃやってらんねえやと思って、ひとつ100円のそれをトレイに載せてレジまで持っていったところで、財布を職場のデスクに置いたまま退勤してたことに気づいた。電子マネーを使えない店舗だったため「大福キャンセルで」と言って頭を下げて、家に帰ってきた。一体何がどうなってるんだ。死ねばいい男が大福をキャンセルして。

ずっと「自分はなんなんだ？」ということを考えてた。「悪意はなかった」という弁明をしたいのではない。悪意は明確にあった。たぶんみんなが言うように、性格も悪い。なのに何をそんなにウジャウジャと不貞腐れて固執しているのかといえば、私の悪意が何に向けられていてどこを目指しているのかという肝心な点が、ほとんどの人に全く伝わっていないのが悔しいのだろう。

私は半ば本気で人類を次のフェーズへと導きたいと思っている。その点で創作内の悪役に近い危険思想の持ち主なのかもしれない。

Ｔｗｉｔｔｅｒという場は同じことを何度も繰り返し話題にし続けている。みんなそのことを認識しているにもかかわらず自覚していない。繰り返すパターンの波に削られたコンテンツからはもう骨格が露出している。自分自身の行動が単なる反射なのではないかという疑いを経なければ、これからもストレスと報酬のサイクルに組み込まれたまま箱庭を出られない。ヒトという生き物が無条件に反応してしまう構文を把握し、限界を見いだしたその先にしか真の喜びは生じない。理性を使え。そのために冷笑があり、その笑いは構造そのものに向けるべきだ。

……みたいなことを私はよく頭の中でブツブツ考えている。たまに自分はもう結構狂ってしまっているのではないかと思うことがある。

隠れた復讐心も否定できない。私はだいたいのものに退屈していて、面白いと言って楽しみながらも「全部パターンだ」と感じてもいる。そういう退屈さの一部をみんなにも分けることで、巻き添えを増やそうとしているのかもしれない。

私は嫌がらせをする人のことがさほど嫌いではないが、そういう行為を気安いものへと貶《おとし》める集団的な「ノリ」全般のことは割と嫌悪している。あの記事はそういう人が握りやすい棒になってしまった。私は記事を読む全員を不快にしたかったのに、特定の層だけが気持ちよくなる道具になるならそれは全く本意ではなかった。

「挙げられている頻出ツイートの中に権力構造の非対称性によって噴出してくる切実なもの

が含まれているが、それをあるあるネタとして挙げることは悪い意味で無邪気だ」という内容の指摘があり、これについてはまた別の観点から自分の浅慮だった。ただそのように「切実な」内容が定期的にバズることにはやはり不健全な機構がはたらいているとも思う。要はその文体に共感や攻撃、それを通じた快楽を誘発する仕組みがあるからバズっているのであって、抱えている問題そのものから離れたレトリックに依存していることはやっぱりよくないのではないか、ということなのだが、私は手段を誤っていた。

私の振る舞いを「マウンティング」という言葉を使って批判する人もいた。「ずーっとぐるぐる同じところを回ってるのってくだらなくない⁉」と思ってはいるけれど、その只中にいる人を俯瞰で見下ろし優位に立ちたいとは考えていなかった。しかし、とても多くの人にそう解釈された。

ここが、決定的に私の感覚のズレているところなのだろう。誰もバカにしていないつもりでいて、人間に対する根深い憎悪がある。この世界を憎んで嗤《わら》ってやろうとすると、人を嗤ってしまう。気が狂いそうだ。誰もバカにしたくない。

思考

「思考」だけを独立して行う機会は少ない。

私たちは日々何かを考えている。しかし、本当にそうだろうか。実際にはスマホに表示された文字列とかを目で追いながら「感じている」だけなんじゃないか。他人の考えの出力結果であるテキストや図像を頭に入れることで生じる反射を「考え」と誤認しているだけなのでは。

私の場合、反射を伴わない思考を行っている時間は1日のうち1時間に満たないと思う。それも信号待ちとか寝る前とか、細切れな時間をかき集めてようやっと1時間足らず、というくらいだ。だから、サウナなんかで何もせず壁を見つめる時間があると、自分の頭の中の空間的広がりを体感して新鮮に驚ける。外部情報を参照できないときの自分の頭はこんなもんだったのか、と拍子抜けする。己を取り囲むメディアが多くなりすぎて、その中央に位置している脳が目新しく感じるようになってしまった。

「考える」って変な行為だなと思う。手も足も動かしていない。視覚も聴覚も使っていない。なんなら脳そのものが動いているわけでもない。なのにいろいろな感覚が自分の中で生じたり、イメージを操作したりできる。なんでこんなことができるのか？

壁を向いてただ思考だけをしていると、たいしたことは考えられない。キーボードやペンを持っていたら話は違う。どんどん激しいことを書ける。頭の中だけで完結させようと思うと、曖昧なイメージが浮かんでは消えていくだけだ。本来の自分の脳はやはりこの程度なのだ。

あらゆる思考や行為の記録が禁止される世界があったらどんな感じだろうか。言論や行為にタブーはないが、それらを書き留めるのは重罪なのだ。たぶん、みんなあんまり深くものを考えなくなっていくだろう。

同じような意見で視界が固定され、コミュニティの思想が過激化していくことを「エコーチェンバー」というが、そもそも言葉を記録して参照することが前提となっているこの世界が一種のエコーチェンバーだ。日記もそうだ。このテキストには、過去に積み重ねられた言葉の反射が残っているし、読まれることでさらに反射する。過剰になっていく仕組みが言葉には刻まれていて、これは呪いだと思う。

事故

私の寿司の食べ方。

炙《あぶ》りチーズサーモン↓サーモン↓ハンバーグ↓天ぷら寿司↓鮭はらす↓イベリコ豚↓びんちょう↓たまご焼き↓炙りチーズ豚カルビ↓会計

我ながらガキすぎる。でもこういうのが好きだ。別に魚嫌いではなくハンバーグやチーズが好きすぎるだけなので、普通の寿司屋に行ったら普通の寿司を食べる。

今回案内された席は回転寿司レーンのカーブ付近、つまり厨房から一番遠いところだった。皿を投入する穴から定期的に「ジャーーー」とトイレみたいな音がするのが気になった。寿司レーンの下には使用済み皿の流れていく川がある。

目の前で寿司が追突事故を起こしてヤリイカが斜めになるという事件があった。すぐに全てのレーンが緊急停止し、アナウンスが流れた。「えー、現在、レーンにトラブルがございましたので一時的に運転を見合わせています」と言っていて、かなり鉄道だった。すぐに店員さんが駆けつけてきて「お怪我はありませんでしたか⁉」と気を遣ってくれた。

これで私が血まみれになって大怪我していたら少し面白い。

時差

海外にいる人とＺｏｏｍ通話した。こっちが夜のとき、あっちは朝である。会話できているのだからお互いにその瞬間が「今」なのだが、場所が違うと時刻は違う。でも、手段さえあれば違う場所と時刻で「今」を共有できる。

「時差」という概念を知ったのはいったいいつだったのか。覚えていない。小学校低学年から中学年にかけてだろうか？　地球上の場所によって時刻が異なると知ったときは驚いた。時刻というのは絶対的で、世界中の全てを貫くものだと思っていた。しかし本当の時刻とは局所的な雨雲のようなものだったのである。

時間の基準がひとつしかないような世界でもそれなりに機能はするだろう。協定世界時しかなくても問題はないはずだ。そういう世界（仮にUTC世界とする）では、世界のどこにいても時計をずらす必要はない。本来の日本が2日の朝7時のとき、前に9時間ズレるUTC世界の日本は1日の22時だ。UTC世界の日本人にとっての朝は20時から翌1時くらいまでを指し、眠りにつく夜は午後3時ごろ、ということになる。現実の世界では、どの国であろうと「朝」や「夜」がどのくらいの時間帯を指すかが一致しているが、そうでなくても成立はする。

小学生のときに「日本がクリスマスのとき、オーストラリアは真夏。だからオーストラリアのサンタクロースはサーフィンしている」という知識を得て、へぇーと思った。でも、考えてみてほしい。オーストラリア人にとっての12月はなぜ「夏」と呼ばれるのだろう。なぜ「オーストラリア人にとっての夏は寒い季節を指す」ではいけないのか。これは「夏」には「暑さ」が意味として織り込まれているということだ。だからこそ「常夏」という表現が意味を持つ。

詐欺

「クヒオ大佐」と呼ばれる有名な詐欺師がいる。

1970〜90年代「米軍パイロットにしてカメハメハ大王の末裔 ジョナサン・エリザベス・クヒオ」を名乗り、多くの女性を騙した結婚詐欺師がいた。彼の両親は日本人だったが、わざわざ髪を金髪に染め、鼻を高く整形し、片言の英語で無線通信する様子を見せてまで信じさせる大胆さが話題になった。堺雅人主演の映画にもなっている。

そのクヒオ大佐だが、まだ現役で詐欺をやっているらしいとニュースで知った。80歳過ぎにもかかわらず50代を名乗り、アメリカ大使にして海軍の軍人でもあると自称する「アーサー・ウィンストン・ジュニア」が長野に出没している。どうやら彼はクヒオ大佐と同一人物らしい。写真を見たら、めちゃくちゃ普通のおじいちゃんだった。なのに「海軍で大使のアーサー」になりきっている。すごすぎる。出会いアプリを使いこなして老人を騙しているという。

きっとクヒオ大佐は金だけのために詐欺をやっているのではない。自らの生み出したルールに他人を参加させたいという、かなり幼稚にして誰もが持つ欲求に動かされているのではないか。実際のところはわからないが。

詐欺が犯罪の中でも（おそらく殺人よりも）特殊であるのは、それが世間の約束ごとそのものに対する裏切りだからだろう。凶悪な殺人ですらその根本的な動機について他者に「理解」されることができてしまうし、ときにはみんなに理解してもらいたいという欲求が犯行動機となることとすらある。だが、詐欺はまず内心というブラックボックスに真実をしまうところから始まる。暴力などと比べると嘘の罪深さははるかに精妙で美しい。コミュニケーションのための殺人はありうるが、詐欺は必然的に孤独である。

勝手

引用リツイートで暴言を吐かれて、どんなやつかねと過去のツイートを眺めてみたらプッチンプリンをプッチンしてるだけの5秒くらいの動画があり、なんかいいじゃん……と思った。このよさを説明するのは難しい。数時間前にプリンをプッチンする動画を撮ってた人が今インターネットで自分に因縁をつけている生活のリアリズムみたいなものによさを感じたのかもしれない。その動画を反射的に「いいね」して、直後に「これはよくない双方向性が生じている」と気づいた。

すぐ本人が「いいね」されたことに気づいたようで「お前ダサいぞ」と空中リプライをしていた。ごめんねーと心中でつぶやいた。でも改めて考えると何も「ごめんね」なことないな。人を攻撃しておいて、自分のプリンの動画をいいねされたら「お前ダサいぞ」ってメチャクチャだろ。

オイテメーこっち見ろや話聞けよ、と因縁をつける心理は理解できる。匿名掲示板でこっそり悪口を書くのもわかる。でも、たまに「これは私がスルーしてくれることを前提として攻撃してきているな」と思えるコメントに遭遇することがあり、これはちょっとよくわからない。

そういうとき、気まぐれに返事をしてみると、相手は焦るか気まずそうにするのが不可解だ。郵便受けに手紙を入れたら家主がそれを読むのは当然だと思うんだけど、そんな事態を想定していなそうなコメントをあちこちで目にするので驚く。しかし、今やそれが一般的な感性なのだろう。

引用RTという仕組みがそんな意識を育てたのかもしれない。事実上「話しかけている」のに、言った方は独り言のつもりでいられる。たしかに、スルーされることのほうが多いだろう。しかしスルーもまた「無視しよう」という意志のもとにする「行為」だ。ツイート元の人になんらかの決断を迫っていることに変わりはない。

プッチンプリンの動画に「いいね」するのは、この非対称な認識に破れを生じさせてしまう行為だった。思ったことをちょっと吐き出して全部終わったつもりが、しっかり相手に読まれていて、時間をおいてからその件と関係ないプリンの動画が「いいね」される。それにより、自分を見つめる視線が浮き彫りになる。また、単なる反撃ではなく無関係なツイートへの「いいね」であるところに、得体の知れない陰険さを感じもするだろう。「お前ダサいぞ」という反応は、ただの「いいね」から悪意を読み取った証拠だろう。そんなつもりはなかったけど、ざまみろ！

ところで、それを「ダサい」と表現したところに、高度なコミュニケーションの成立がある気がする。私が（意図せず）自意識に揺さぶりをかけたのと同じように、私のスタンスを「ダサさ」の尺度で揺さぶり返している。これまでの「言いっぱなし得とスルー損」という非対称な関係とは違う、ヒリヒリする緊張感がある。そう。これだ。勝ったり負けたりとか、正しいとか間違ってるとか、フォロワー数とかじゃないんだ。そんなのはどうでもいいんだ。人間と人間が向かい合ってることの本質的な緊張感だけがコミュニケーションを作るんだ。それはエアリプといいねだけでも成立するんだ。欲しかったのは「これ」なんだ……。

こういう感じで私は一切会話をせずインターネット上の人に勝手な友情を見出し、ひとりで嬉しくなっていることがよくある。不気味だと思う。

想像

長距離を車移動した。助手席に乗って。

車窓から風景を眺めながら思うことがある。引っ越しトラックが停車して積み下ろしのために後部扉を開けて作業しているとき、この車でトラック後部に突っ込んだら、作業員の胴体が真っぷたつになって荷台に上半身が乗ってしまうのではないか。

そんな光景は見たことがないんだけど、可能性としてはそういうこともあるんだろうな、と思うと考えずにはいられなくなってしまう。怖い。ハンドルを握っているのが私だったら、あえてその光景を作りに行ってしまいそうで、より怖い。

イデアのゆりかご

No.08　ひんやりオーガスト

「宝くじは愚者の税金」という手垢のついた言い回しがある。日本の宝くじの期待値（1回の試行で確率的に得られる値の平均値）は、300円のくじでだいたい147円くらいらしい。半分もってかれる計算だ。

数学的にいえば宝くじは買えば買うほど損する。だから宝くじを買うべき合理的理由などないのだ、というのがよくある考え方。だが、宝くじを買う側は決まって「夢を買ってるんだよ」と言う。「確率」や「期待値」といった説得力ある言葉に対して「夢」。よりいっそう宝くじを買うことの不合理性が際立つ感じがするが、期待値的にマイナスが確実だとしても、すなわちそれが不合理だとは限らないのかもしれない。

最高賞金3億円の宝くじを購入して当たる確率は1／1000万くらいらしい。ほとんどゼロに等しいけれど、ゼロではない。この「ゼロではない」というところに意味があるのだろう。

普通に生きていたら3億円が一挙に手に入ることなどありえない。確率ゼロだ。しかし宝くじを買えば、とりあえず「ものすごく低い確率で3億円が降ってくるかもしれないワールド」へ入国する許可証を得る。「合理性」はこれをどう評価するべきなんだろうか。

「パスカルの賭け」というのがある。神を信じるか、それとも信じないか、どうやって決めるべきかを考える有名な思考実験だ。もしも本当に神がいた場合、神を信じれば死後に無限の安寧が得られる。そう考えてみよう。だとしたら、とりあえず「信じ得」ではないだろうか。神を信じておいて失うものなどないのだし、どんなに確率が低そうでも、無限大の幸福が得られるのであれば無限大のお釣りがくる。そんな詭弁《きべん》じみた論証がパスカルの賭けだ（単純化しているが、実際はもっと複雑らしい）。

宝くじについても「パスカルの賭け」に近いことが起きるんじゃないだろうか。3億円といえば、まあ手に入れれば一生満足に暮らせる金額だ。たった300円払って「一生の満足」が得られる「かもしれない」権利を得られると考えてみれば、あながち非合理でもないのでは。300円を失ったせいで不幸になることもない。

「かもしれない」って何なんだろう。今起きている現実の先に「こうなるかもしれない」未来をいくつも幻視し、そのうえで行動する。なぜ、そんなふうになってるんだろう。その根拠は複雑怪奇で、宇宙人には理解できないんじゃないか。

体や知能は人間そっくりだけど、確率の認識と意思決定にまつわるメカニズムだけがぜんぜん違っている宇宙人、というのは考えられるだろうか。おそらく文明も死生観も、なにもかも違うはずだ。人間にはランダムな動きを繰り返して暴れているようにしか見えないだろうか。SF作品に出てくる宇宙人や怪獣は「合理性」という水準で見ると人間並みに普通だったりする。

いや、でも地球の生き物を見る限り、知能には差こそあれ、どの生き物も「確率的に確からしい方を選ぶ」という点についてはあまり大差ないように見える。自然選択が似たような行動原理に集約させるとしたら、宇宙人も確率については似たような認識でいるのかも。少しつまらない。

努力

これからは生成AIが多くのことを代行してくれるようになる。だが全てをAIが肩代わりするのは難しいと思う。プロフェッショナルの手がなければどうにもならない領域がいくらかは残るはずだ。人間のプロの需要はゼロにならない。

しかし、これから来るのはプロを目指す人間にとって厳しい時代でもある。「努力」が過去に類を見ないほど困難になるときがやってくるからだ。ある意味ではもうその時代を迎えているが、これからさらに強烈になるだろう。

プログラムを学ぶにしたって、簡単なものならAIが数十秒でコードを書いてくれるようになった。たいへん便利だけど、こういう状況でプログラムを学ぶのは、とてもハードルが高い。ほとんどの人間は「報酬」がなければ作業を継続できない。脳が快楽として支払う報酬のことだ。手引書とにらめっこしながら試行錯誤して、やっと一歩前に進む。このときの達成感を報酬として、次の一歩を踏み出すことができる。

その一歩がAIによって簡単に代替できると知っていれば、脳が支払う報酬は安くなる。割に合わないな、と思ってしまうのが人情で、モチベーションを保つのが難しい。それなら最初から最後までAIに頼り続けてたほうがいいじゃん、というのもひとつの考え方だが、やはりAIだけではどうにもならない領域は残るのだ。そこを埋めることができるのは、基礎から技能をしっかりと身に付けている人間だけなのである。

今後も人間のプロフェッショナルは必要になるが、そこに至る道程が精神的にしんどい、という状況になると思う。5年10年の無給労働や丁稚《でっち》奉公を経てやっと一人前扱いされる、古式ゆかしい職人の世界みたいだ。

「AIなら同じことが10秒でできるじゃん」「なんなら、AIのほうが全然クオリティ高いじゃん」という事実がある。これを常に意識しながら研鑽《けんさん》を積み、遥か遠くの特異点まで歩き続けられるほど、人間の精神はタフだろうか？　と今から少し不安に思う。そうするほかないとわかっていても、心のほうが先に限界に達してしまうんじゃないか。

これからは「バカ」の時代かもしれない。費用対効果のソロバンを正しく弾ける人間は、AIという最適解の前に努力を続けられない。だから、行動が自己目的化してしまっているひとりよがりな人間だけが、結果的に普通の人間にもAIにも到達できない領域に進めるのかも。

「努力と報酬の間がAIによって長く長く舗装されてしまう」問題は、いずれ無視できないレベルで表面化するだろう。努力に関する先天的な特質を持たない人は、最初から「がんばり」なしに生きていくことになるかも。それはある意味で健全かもしれない。

年越し

0時を過ぎてから人混みを避けて、近所のちっちゃい神社を詣でに行った。ほぼ祠《ほこら》である。誰もいなかった。誰もいないぶんご利益を独り占めできるのではないか？　という計算もある。地下アイドルと繋がろうとしてる悪いオタクと同じ発想。罰当たりな神頼みだ。

お参りするとき、いつも願い事をするのを忘れてしまう。二礼二拍手一礼の作法で頭がいっぱいで、形式を済ますだけになる。これでいいのだろうか。そのほうが雑念が少ない、ということで、ここはどうかひとつ。

とても寒い。スマホを見たらちょうど0℃だった。2021/1/1で0℃。データをリセットしたみたいだなと思った。

ジンジャーエールを買って、こたつに入りながら飲み、『アイドルマスター シャイニーカラーズ』のシナリオを読んでいた。今回の『海へ出るつもりじゃなかったし』は出色のできばえで、ゲームをやっていない人にはなかなか伝えにくいけれど、最近読んだどの小説よりも心が動いた。漫画や小説と違って、こういうゲームは入念な「準備運動」がいるから、人に薦めづらい。無理に薦めようとも思わないけども。

そういえば、お参りしてジンジャーエールを買った帰り道、白い壁にバッタが張り付いていた。2021年1月1日を経験している数少ないバッタだ。どうにか三が日くらいまでは生きていられないか？　お参りする前に見つけられていたら、小さい神社の神様に頼んでおけたのに。

後で調べたところによると、そのバッタはクビキリギスといって、冬を越す種類であるらしかった。

イデアのゆりかご

No.09　Prayer Player

波長

「まあまあ、結構よくあることなんですよ。人間はそれぞれ固有の波長を持っているんです。その波長がごく稀に一致すると……惹《ひ》かれ合うというのかな、連れてきてしまうことがある」

男は広告ページに載っているのと寸分違《たが》わない笑顔を向けた。不自然なほど白い歯が並んでいる。

「で、いつから？」

「先月からです」

出されたコーヒーを一口すする。安い粉末ブレンドの味だ。私は続きを話した。

「サークルの旅行で山のコテージに泊まったんです。そこの近くの……国道から逸れて少し進んだところに民家の廃墟があって、みんなで忍び込もうみたいなノリになったんですよ。別にお化け屋敷みたいなおどろおどろしい感じではなくて、どこにでもありそうな2階建ての一軒家なんですけど、見た感じ数年は放置されてそうな荒れ具合でした」

「それで、実際忍び込んだの？」

「はい。さすがに夜中に行くのは怖かったので夕方ですけど。ドアに鍵がかかってなかったので入るのは簡単でした。4人で手分けして部屋の中を探索したりして。家具とかぜんぶそのままで、たぶん老夫婦が暮らしてたのかなっていう痕跡が残っていましたが、特に変なものもなくて。まあこんなもんだよね、みたいな雰囲気になってきたときに……その……それがいて」

「どこに？」

「2階です。1階をあらかた探索し終えて、じゃあ上も見るかと思って、玄関の横にある階段から2階を見上げたら、それが私たちを見下ろしてました」

「それっていうのは、メールにも書いてあった『ねじれた女』だね？」

「……そうです」

「その〝ねじれてる〟ってどういう感じなの？」

「えっと……なんていうんですかね。人間を雑巾《ぞうきん》みたいに絞って、そのまま固定したみたいな感じって言えばわかりますかね。服装とかは普通の女の人が着てそうな青いワンピースなんですけど、体だけねじれてて。目も鼻も口も、ふつうありえない位置にずれてるんです。それが、じっ、と私たちのことを見てたから。みんな廃墟から飛び出して必死で逃げました。明らかにやばいやつだってすぐわかったから」

「でも、結果的にアナタが連れてきちゃったわけだ」

「うちはアパートの3階なんですけど、ベランダでタバコを吸おうと思って外に出て、なにげなく道路を見下ろしたら、それがいたんです。あの廃墟で見たねじれた女がそこにいて、私をじっと見つめてました」

「波長が合ったのかもしれないね。それ以降、なにか悪いことは起こった？」

「直接的には何も。ときどき現れて、私のことをじっと遠くから見てます。私には霊感なんてないと思ってたから、本当に怖くて気持ち悪くて……おかしくなりそうです」

目の前の男は余裕の笑みを浮かべ、カップを手に取った。

「たぶん、霊そのものに害意はないでしょう。意外かもしれませんが、霊的存在が恨みを原動力にして生者へ働きかけることは滅多にないんですよ。むしろアナタは波長が似ているがゆえに、彼女に〝気に入られてしまった〟というところかな」

私は、コーヒーをすする彼に懇願する。

「あの、これってどうにかなるんでしょうか。除霊師さんなんですよね。助けてほしいんです」

「お任せください」

除霊師はカップを勢いよくテーブルに置いた。

「よろしいですか。立場と矛盾したことを言うようですが、心霊は本来、存在していてはならないものなんですよ。現実と認知の間に生じたわずかな隙を満たす、一種のバグのようなものだといえばイメージしやすいでしょう。除霊とは、そういうものたちが棲《す》み着く隙間を閉じ、追い出す儀式です」

「では、あれも追い出せるということでしょうか」

「勿論《もちろん》です。聞いた範囲では害意もないようですから、除霊は容易でしょう。それで、ねじれた女は今どれくらいのペースで現れるのですか」

「今はほぼ毎日です」

「ご自宅に伺っても？」

「え、ええ。でも、今もあの……」

「今？」

「ずっとそこに」

私は彼の背後を指さした。この応接室へ繋がるドアの擦りガラスに、歪んだ青いシルエットが浮かんでいる。後ろを振り返った除霊師は、それを見つめたまま沈黙していた。10秒以上経って、ようやく私へ向き直る。顔に貼り付いていた笑顔がすっかり消えていた。

「あの……どうかしましたか。除霊していただけるんですよね」

「あんた、何を連れてきた！　除霊？　できるわけがないだろう！」

「えっ、でも」

除霊師は凄まじい形相で叫んだ。

「あれはそこにいる。実体なんだ」

ドアノブがゆっくりとまわる音が聞こえた。

反省

4年くらい前に自転車を買ったけど、手放すことを検討し始めた。最近ぜんぜん乗ってないのもあるが、事故を起こす気がするから。

過失で人を死なせてしまった事件のニュースを見聞きすると、心臓が比喩でなくバクバクするようになってきた。「いつか意図せず人を殺してしまうんじゃないか」という不安がこ数年で大きくなってきており、特に乗り物の運転でそれを感じる。私は普通の人の数倍から数十倍の事故リスクを背負っていると思う。夜中、寝る前にそのことを考えてワァー！となる。

気をつければいいのだろうが、ミスは常に意識の外側で起きるので「気をつけきる」ことなどできない。それがものすごく怖いのだ。まあそれは誰しもそうだと思うけど、私は極度に楽観的なので何をどれくらい不安に思うのが適切かが把握できていない。人には殺されるタイプの弱さと殺すタイプの弱さがある。自分は殺される側でありつつ、不注意で殺す側でもある。殺したことこそないが、実際に多種多様な迷惑をかけまくって生きている。

だから、というわけではないが、自分に似た人がミスをしていたら寛大に受け止めようと常日頃思っている。ただそのスタンスもどうなのか、と最近思う。そういう態度って、自分の過ちを開き直っているのと同じじゃないか。他人のミスに「そういうこともあるよ」と言うなら、自分に対してもそう言えないといけないんじゃないか。でもそれは開き直りと何が違うのか。

どんなに注意しても発生してしまうミスがあることを私は体感的に知っているから、努力ではどうしようもない領域があると認めている。でも一方では、それを最初から肯定しているることが悪であるような感じがする。一周して、やはり自分は叱責《しっせき》を受けるべきなのではないか、というところに戻ってくる。自分が悪くて謝るときも、自分が謝られる側に立って許す様子をなんとなく念頭に置いている気がする。自分の思考でありながら、それがとても気持ち悪い。「もし自分の立場だったら長々と謝られるのはかえって嫌だな」と判断して、謝る立場なのにロクな謝り方を選べなかった、という失敗をしたこともある。叱《しか》る側が「気持ちよく」叱れるように、フォローの余地がなくなるような自己弁護や、開き直るようなエッセンスをあえて足すという屈折した配慮である。しかしそれは余計なことなのだ。謝るときに謝られるときのことを考えるべきではないし、逆もそうだ。そんなことみんな知っている。

自分の「反省」は道徳に基づくものじゃなく、自分自身で組み上げた自己流の倫理のほうにあるのかもしれない。私だけこっそりオリジナルの神に祈っている。

必然的

公園にサッカー少年が集まっていた。その中のひとりが「ちゃんと俺の椅子の設定になってる⁉」と言っていた。

はてどういうことだ、と思ったが、これはあれだな。自転車の座面の高さのことを言っているのだ。兄弟で同じ自転車を使っていて、座面を上げ下げしているのだろう。ひとりっ子なのでよくわからなかったが、年の近い兄弟であれば頻繁に発生しそうなセリフである。このように、特定の状況がなかば必然的に導き出す行動や言葉を発見するとなんだか嬉しい気持ちになる。

可逆

半年くらい前だろうか。帰宅すると必ず、椅子の座面が最大の高さになっていた。内部のガスが少しずつ抜けて高くなってしまってるらしい。どっか緩んでるのかなーと思ったが、修理に出すのも面倒だし、捨てるには早すぎるし、とりあえず戻すだけなら簡単だしでほったらかしていた。

いつのまにかこの現象は起きなくなった。

なんで？　よくわからない。この種の不具合は修理しない限り不可逆なんじゃないのか。放っておいたら虫歯が治ったり、換気扇が白くなったりはしない。なんでモノの不具合がほっておくだけで直ったのか。いまだに判明していない。不思議だ。

そう思っていたのが去年で、今年になってまた座面が上がり始めた。しばらくしたら上がらなくなった。不思議だ。

目標

高校のときは演劇部員だった。演劇部には大会がある。だいたい秋ごろから地区予選が始まる。東京だったら地区大会→都大会→関東大会→全国大会という順序でコマが進む。

演劇の大会は過酷だ。もちろん演じるのも大変だけど、観るのが過酷なのだ。1校の持ち時間は60分。それを1日で6〜7公演もやる。出場していないときは他校の演目を観る。7時間にわたって高校生の劇を観続けるのは疲れる。学校によって劇のクオリティや内容がぜんぜん違うから、高低差でめまいもする。終わったらアンケートを提出する義務もある。わら半紙の評価シートと短いオレンジの鉛筆を握りしめて一気に7作も観るという体験は演劇部員でもないと味わうことはないだろう。

全ての劇の発表が終わると「講評」の時間になる。ゲストで呼ばれた俳優や劇作家が、劇に対してコメントを残していく。微弱な電気のような緊張が客席に流れる雰囲気を今でも鮮明に思い出せる。そこでの批評は、かなり手加減のないものだったと思う。泣いてしまう生徒もいた。野球やサッカーに比べたら演劇の評価基準は実にあいまいだ。それでも学校ごとの実力差ははっきりと感じ取れてしまう。

今思うと、演劇部だった私や彼らが目指していたものは地区大会突破とか全国大会優勝ではなかった。形式的にそれを目指してはいたが、本当は違った。演劇の稽古をしているときも、演じているときも、そんな先のことは考えていなかった。ただ演劇をやって、いつのまにか何かが変化していて、前の自分より少し違う場所にいることを、あとから知っていた。

予想

投稿者が巨大な胸をあからさまに強調して料理するYouTubeチャンネルがある。人気なので後追いの勢力が次々に生まれたり伸び悩んだりしているらしい。これが令和の出来事かと思うと趣がある。けれど、考えてみれば未来的というか、過去にはなかった現象ではある。こんな現象を100年前の人は予想しえただろうか。考えてみると、これを予想するのに必要な前提条件が浮かび上がっていく。

まず「動画」という概念。これはまあ、わりと容易に想像できる。活動写真を撮る装置が、安価に誰でも手に入る時代が来るであろう、という予想は100年前でもできそう。

次にネット通信。これも電話というアイデアを知っていればたどり着くことは不可能じゃなさそうだ。いろんな情報を遠隔通信で送ることが（原理はともかく）できるようになると考える人はいただろう。

では「いろんな人が勝手な動画を撮って、趣味的に世界に公開するようになる」という現象を、100年前に予測できただろうか。しかし過去にも自作の絵や小説を見せて回る人はたくさんいたわけである。そこに電信技術が加われば「誰もが動画を撮影し」「ネットを通じて」「自己顕示欲を満たす」という光景は想像できなくはない、気もする。

そこまでたどり着いたなら、そうやって自作の映像を見せまわってお金を稼ぐビジネスモデルが生まれ、それで生計を立てる人が登場することも想像できるのではないだろうか。YouTuberですら100年前に予想するのは不可能ではないのでは。

いやしかし、基本無料コンテンツの広告収益モデルが一般的になったのはここ70年ぐらいのことだ。昔の人が想像するYouTuberは、自然に考えたら「遠隔で映画を売る人」みたいなイメージではないか。通信技術の進化を予測するだけじゃなく、経済モデルの変化をも視野に入れないと予測は難しい。

ただ、星新一は「基本無料で配信し、広告で稼ぐ」というビジネスモデルが登場するショートショートを書いていた。この時代にはテレビがあったから、テレビCMのイメージで着想したのだろう。約100年前といえばアメリカでラジオの公共放送が始まった時期だ。ここから想像に想像を重ねれば? ひょっとしたら無料の広告収益モデルを思いつけたかもしれないけど……微妙だな。

関門はまだある。誰でも動画が撮れて、YouTube的なものがあって、それで稼いでる人がいる、というところまで想像できたとして「胸を強調して料理をして稼ぐ人」が登場することを予測できるのか。

ポルノで稼ぐという発想は普遍的だ。「遠隔通信で裸映像を売るポルノスター」みたいな存在は古典近未来SFでは頻出である。だからこそ「胸を強調するYouTuber」は不可解だ。もし100年前の人が今のYouTubeのお色気クッキングチャンネルを知ったら「なんでもっと直接的なポルノを売らないのか」と疑問に思うはずだ。このあたりが、なんだかんだで一番予測困難な細部ではないか？

その理由はいちおう説明できる。YouTubeが動画プラットフォームとしてかなり大きくなったことで健全化して、ポルノなどのきわどい動画は専門プラットフォームに追いやられた。そして、ポルノサイト内の販売競争が加熱してレッドオーシャン化した結果、健全プラットフォームの内部で存在を許されるギリギリのポルノ（未満）が逆に特有の価値を持つようになったのだ。そうやって丁寧に説明すれば、100年前から来た旅人だってお色気クッキングチャンネルの存在理由を理解できるだろう。しかし、怪訝《けげん》な顔をして「なんか、馬鹿みたいなことが起こっているな」と言うはずである。

確かにこれは明らかな不合理だ。「SF作家に求められるのは車の誕生の予測でなく、渋滞という概念の予測である」という言葉があるが、まだ渋滞のほうが予測は簡単な部類かもしれない。だいたい、乳を見たいという人が乳を直接見に行けるページに行かず、なぜか料理チャンネルをひらく、という時点で意味不明ではないか。しかし実際にはそういう人がたくさんいる。これに類する感受性が100年前にもあったのかは謎で、もしかしたら技術の進歩に伴って人間の感性が変化したことで生まれた新しい嗜好かもしれない。経済のありかたが変わり、社会の習慣が変わり、人間の感受性が変わる。その連続的な変化の先に「胸を強調して料理するYouTubeチャンネル」があり、コメント欄に「今日もぱつんぱつんだネ(^^)」と書くおっさんがいる。時代の最先端に、私たちは立っている。

その日

今日は3月11日だった。10年前の今日の午後は、居間にいた。

部屋が突然ガタガタ揺れだした。

これはなんか、いつもの地震とは違うんじゃないか、やばいんじゃないか、とすぐにわかって、避難経路を確保するために慌てて玄関ドアを開けた。すると斜向《はす》かいに生えている大木が左右に、うねるように揺れていた。うわー、なんか大変なことになりそうだぞと思ったことを覚えている。近所の人たちが次々に家から出てきては目が合い「どうも……」などと言って、あやふやな表情で挨拶《あいさつ》を交わした。

幸いなことに私自身はこれといった被害に見舞われず、のんきにＴｗｉｔｔｅｒをやってその後を過ごした。知人親戚にも直接的な被害者はいなかった。実感を伴う地震の記憶は「揺れる大木」だけである。テレビで見る津波や原発は遠くの世界の出来事だった。しかし事実として、そのときに走った亀裂はさまざまな形で私を取り巻く環境を変えたはずである。

あのときの私はある締切りに追い詰められて悩んでいた。どうしても書けなくて「終わりだ」と思っている原稿があったのだが、地震の影響で締切りごと「なかったこと」になった。「地震のおかげで」などとは指が裂けても書けないが、今でもたまに「もし地震がなかったら、私はどうなってたんだろう」と思ってしまう。事実としてこういう因果関係の連続が現在の私を作っている。地震も事故もなかったほうがよいに決まっているし、失われた人やものは永遠に戻ってこないけれど、善し悪しと無関係に10年前のあの出来事は分かちがたく現在と接合されている。

今は今で締切りが大変なことになっていて毎日が憂鬱だ。しかし、いつかこの現在も硬化したかかとみたいな過去に変わっていくのだろう。

●コトバタチの章

最近、インターネット上で「荒らし」をあまり見かけなくなった。私の観測範囲ではほとんど目にすることがない。単なる気のせいだろうか。

2000年代前半には、匿名掲示板で同じような文字列を延々と連投して「ああああああああああああ」や「糞糞糞糞糞糞糞糞糞糞糞糞糞」などと書き込んで迷惑をかけるシンプルな荒らしがいた。ニコニコ動画などでもよく見かけた記憶がある。今では、そんなレベルの単純な荒らしは自動検知されてフィルターにかけられるため目に入らなくなったのかもしれない。

SNSでは人に迷惑をかけるため血道をあげる人間がたくさんいるが、Twitterのようなプラットフォームは「みんなの場所」を専有して迷惑をかけるような荒らしが構造上成立しづらい。いわゆるクソリプや粘着行為と「荒らし」では、その意味するところが異なる。

海外のゲーム実況サイトを見ていると、チャット欄で記号を大量に打って巨大な性器を表示するユーザーがいたりするので、荒らし行為自体はまだ存在しているのだと思う。そういうことをしたがる精神性の持ち主が大幅に減ったとは考えにくい。まだまだどこかにはいるのだろうと考えると、やはり目に入らないだけなのか。

自分の書き込みが自動検知されて弾かれていることに気づかないまま、ずっと「やってやったぜ」と思いながら荒らし行為を続けている人がいるかもしれない。そう考えると他人事《ひとごと》ながらゾッとしてしまう。嫌なやつや話にならないやつがシステムによって透明化され、本人だけが気づかない世界は恐ろしい。

ただ、現実的にはそれほどうまくいかないだろう。周囲からの反応が全くなければ、さすがに何かがおかしいと気づくはずだ。逆に言えば、周囲からの反応さえあれば、自分が透明化されていてもそれに完全に気づかないことがあり得る。

たとえばSNSのブロック機能は、閲覧制限をかけられたり相手からの返答がなかったりすることで気づかれるおそれがある。では、AさんにブロックされたらAI生成された「Aさんbot」が代わりに返答する仕組みだったら、発覚はかなり遅れるのではないか。

アイドルのA子にセクハラメンションを送るB男がいて、A子はとっくにB男をブロックしているとする。しかし、B男は毎朝「おはよう^^今日もセクシーだね」とメンションを送っている。会話パターンを学習したA子botが「B男さん、おはようございます」と返答してくれるからだ。技術的にはぜんぜん可能だろう。パーマンが使っていたコピーロボットみたいなものだ。

ただし、互いの会話に齟齬《そご》が生じた末のトラブルは悲惨《ひさん》だ。ストーカーが勝手にA子botと〝仲良く〟なって、妄想を膨らませ、本物のA子のところに押しかけるというストーリーが簡単に想像できてしまう。「お前なんか本物のA子ちゃんじゃない！　A子はもっとやさしくて……ボクのことを想ってくれていて……」などと叫ぶのだろう。そうならないよう、コピーbotは相手の危険行動を誘発しないような無難な対応を選ばざるを得ない。食事を誘われたらやんわり断るなど。いずれにせよ、相手にバレたときに買う怒りがすごいことになりそうだ。

逆パターンのトラブルも考えられる。本当の人間なのに「なんかよそよそしい態度だな。お前、botだろう」「いや違うよ　笑。たまたま来週は忙しいだけで」「ウソをつけ。とっくに俺のことなんてミュート済みなんだろ、コケにしやがってよ。ぶっ殺してやるからな」となって押しかけてくるのだ。

歌詞

日夜the pillowsの歌詞をつぶやきながら人の悪口と呪詛《じゆそ》を撒《ま》き散らしている人がいる。人の背中を押す歌には、どんな人の背中を押すか選べない宿命がある。

「ファイト！　闘う君の唄を闘わない奴等が笑うだろう」

中島みゆきの歌詞を頭に響かせながら弱者を踏みつけている人だっているだろう。殺人鬼だって歌を唄うし、その歌詞にはげまされている。しかし別にそれでかまわない。歌は個人の魂を救うものでなければいけないんだから。

語り

私は「好きなものについて熱く語れる」必要なんて別にないと思っている。もちろん、そういうことが好きで、それができるなら結構だけど、本質的には趣味にすぎない。

なんとなく好きな映画をなんとなくぼーっと見て「あー、面白いな」と思って、話の筋まで全部忘れちゃうみたいな。そういうのもかなり尊いと思う。「芸人のくまだまさし は映画『プリティ・ウーマン』をレンタルして毎日欠かさず観続けているが、特にその作品で人生が変わるほどの衝撃を受けたとかではないし、語りたいこともない」というインタビュー記事を読んで、そんな尊さを感じた。

アメトーーク！的な「推し語り」スタンスとは別に「なんか好きな映画だけど、特に言うことはない」「何年も聞いている好きな曲だけど、誰が歌っているかは知らない」みたいな「好き」のありかたがある。そういう人が「語り」カルチャーに与《くみ》することができないせいで自信を失ったりするのはよくないなと思う。「好き」の権威化には悪影響もある。「またオタクが興奮してよくわからないこと言ってら」に着地するくらいでいいのだろう。

不可逆

銭湯に行ったらおじいさんと小さな孫の2人組がいた。子どもがずっと喋《しゃべ》ってる。脱衣所の体重計に乗って「何キロメートル？」というと、おじいさんが「16キロだって」と答える。

「じゃあ、5歳になったら何キロになる？」

「20キロくらいになるんじゃないか？」

「そのあと6歳になったら？」

「わかんないよ」

「じゃあ、そのあと5歳になったら？」

「ならないよ」

「なんで？」

「年は増えるだけ。減らないの」

「それでも6歳のあと5歳になったら？」

「ならないの」

そうい う押し問答をしていた。

誤読

花しろく膨るる夜のさくらありこの角に昼もさくらありしか（小島ゆかり）

という短歌を本で読み、おー、いいなと思っていたが、そのあとの解説文を読み進めるうちにだんだんと違和感が生じてきた。自分の抱いた感想と全然違う。いや、感想は人それぞれとしても、見ているものがまるで違っているような。あれ？　よくよく読み直すと、私はこの短歌を、

花しろく彫るる夜のさくらありこの角に昼もさくらありしか

と読み間違えていた。本来は「膨るる」なのに「彫るる」だと思っていたのだ。「ほるる」

ってなんだよ、そんな活用ないだろ、ハワイでマラソンでもするのか。しょうもない間違いだけれども、そのとき私はこのような意味でこの短歌を読んでいた。

夜の闇の中に、桜の花がまるで木に彫り込まれたように浮かび上がっている。この街角には昼も桜があったのだな。

そんな意味を読み取って「おー」とか思っていたのだ。実際は全く違う。後半は同じだが、実際は夜桜が「ふくれている」と詠《うた》っている。

しかし、勘違いに気づいて以降も、私の頭の中には「彫るる桜」のイメージが残り続けていた。木材に彫刻刀を突き刺して木片を削り取ると、木の内側の明るい繊維が露出する。それはたしかに、夜道でふと見つけた桜のように唐突だ。

元の歌では「膨らんでいる」ものだが、私は誤読した結果偶然にも逆の「へこみ」として桜の花の白さを見出した。個人的には、そのほうが夜に見る桜の花の白さの表現としてしっくりくるような気がするのだ。

このことに「気づいた」のは一体誰なのだろう。作者ではないだろうが、私が自分で考えたような気もしない。目の前の情報が勝手にそのような形に変換されて入ってきたのである。無から歌が生まれたみたいでちょっと面白い。

イデアのゆりかご

No.10　レンタル・カース

見間違いや聞き間違いで感動することが私にはときどきある。「おっ、いいじゃん」と思うようなものを自分自身の無意識が捏造《ねつぞう》している。ということは、ちょっとした発見や発想みたいなものは意識上にのぼらないだけで、脳のわりと浅いところにスタンバイしていたりするのかもしれない。

構想

小学生のとき、自由帳に「架空の町」を描いていた。町を描くといっても絵だけではない。その町に暮らしている住民たちの名前と年齢、簡単なプロフィールを考え「彼はこの日〇〇をしていた」「彼はこの日に亡くなった」みたいな出来事を記し、１日単位で人口の増減や街の発展具合を記録していた。

要は、すべてがノートの上で完結する脳内シムシティだ。個人の活動の集積が「都市」というスケールに移行する、なんかそういうダイナミズムに憧れがあったのかもしれない。ただ、数日続けてみたらあまりの面倒さにすぐイヤになり、やめてしまった。あのまま続けていたら今頃どうなっていたのだろうか。今頃はとてつもない大都市になっていただろうか。

自由帳にはよく漫画を描いていた。一時期挑戦して挫折したネタに「全部繋がってる漫画」

みたいな案があったのを今思い出した。

一見すると普通の漫画なんだけれども、よく見ると背景になにか不自然な点がある。やけに目立つモブキャラクターがいたり、壁に意味深なヒビが入っていたり。実はその描写にも理由があって、モブキャラが主役のエピソードが存在したり、壁にヒビが入った理由が後で明らかになったりするのだ。ひとつのページからエピソードが枝分かれしてどんどん増えていくような構想だった。これは、すごいことが起こるぞ、と興奮していた。

案の定、大変すぎてすぐやめた。

私の創作はコンセプトから入ってコンセプトを固めきれず挫折するパターンが非常に多い。「全部繋がってる漫画」を考えたのは小学校中学年くらいだったと思うけど、今思うと気の利いたコント師の単独ライブみたいなことをやろうとしている。小学生にそんなのを制御できるわけがない。

架空の文豪の日記を書いてた時期もある。スタニスワフ・レムに影響を受けたのかもしれない。存在しない小説の校正作業をしたとかいう架空の近況を書いていたが、すぐ飽きてやめてしまった。

コンセプチュアルな人間の弱点は、その構想がある程度具体的な形になった時点で、完成させるべき理由を何割か失ってしまうことだ。

言うだけで満足してしまうことすらある。「こういうアイデアあるんだけど面白いと思うんだよなぁ」と言うことと、実際に作ることの間にあまり差異を感じない。たとえばデュシャンの「泉」は既製品を用いたコンセプチュアル・アート作品だけれども、実際に作られる必要があったのだろうか、なんてことを思ったりする。実際に便器を見てなにか発見があるわけではない。「作品展に便器出す　はい　はい　はいはいはい」という一言ネタと、実際にそれを「やる」ことの間に、どれほどの違いがあるのか。当然ながら、そこに込められた皮肉は「実際にやった」からこそインパクトを与えたのだろう。しかし、それは本当に実際にやらなければならないことだったのだろうか。鑑賞者ひとりひとりが充分に物わかりがよければ、その価値はコンセプトだけで伝わったのではないか。芸術が「実際にやる」という形で迫力に訴えなければコンセプトを伝えられないのが現実なら、むしろそちらを克服すべき課題と捉えてもいいのではないか。

世界の創造主がいるとして、この宇宙なるものを構想したことが凄いのか、それとも構想を実行に移したことが凄いのか、どっちだろう？　この世の存在なんて、神の構想ノートに一行走り書きされているくらいでも充分だったんじゃないかと、実際につくる必要なんてあったのかと、思ってしまうんだけど……。

報・連・相

原稿が全く書けていないので頭を抱えている。頭が痛い、物理的に（物理的？ 実際に感じている痛みを物理的と言っていいのか？）。今日はずっと体調がよくなかった。

ここ数日、何かを考えようとしても全然考えがまとまらなくて、部屋の中を歩きまわったり、コンビニと自宅を往復したりして無為に時間が過ぎている。今もそうで、思考がどんどん拡散してしまうので、同じ画面の前にとどまっていることができない。

社会不適合、という言葉が頭を何度もよぎる。

あっ、これネガティブのモードだ！ ここまで書いた時点でわかった。ハンドリングをしなければこのあとネガティブな言葉がいっぱい出てくるはずだ。まあいいか。これからいっぱい後ろ向きなことを書きますが、瀉血《しゃけつ》療法みたいなものなので、トータルでは前向きなものだと思ってほしい。ちなみにジョージ・ワシントンは瀉血のしすぎで死んだという説があるらしい。

とにかく手が動かない。何をやるにもギリギリになるか、ギリギリを超える。それと返事ができない。重要な内容であるほど、それに対して返答をすることができなくなる。そして忘却癖というか、心理的障壁の高い予定やタスクを「本当に」忘れてしまうことが頻発している。これによって幾度となく迷惑をかけてきたし、今も現在進行で迷惑を振りまいている。

自分には苦手なことがたくさんあるが、「約束を守る」と「報・連・相」が致命的にできない。やります、やれますと言ったあと結局やれなかったみたいなことが多すぎる。それでも今までどうにかなってきたのは、周囲の人がどうにかしてくれているだけだ。自分自身ではどうにも対処できていない。

スマブラを作った桜井政博さんも「とにかくやれ」と言っている。「やれない」ことに対する答えは「やる」しかないと。それはもう痛いほどわかるのに、痛みを感じてもなお、やれない。責任を持つ能力がないんだから責任を背負うようなことをするべきじゃない、とわかっているのに、毎回請け負ってしまう。せめてできるフリをすることくらいやめればいいのに、それはそれで怖くてできない。だから毎回、切羽詰まってくると、誰でもいいから自分を「終わらせて」くれ‼ という破滅的な思考に頭を支配されて何も考えられなくなる。

今日は薬が変なふうに効いたのか動悸がして体調悪い日だったので、なおさら思考が傾いている。

頭の中に常に五つくらいの意識がひしめいているような気がする。『エブリシング・エブリウェア・オール・アット・ワンス』が描いてる世界設定は私にとってめちゃくちゃリアルで、なんか本当にああいう風に世界が見えているときがある。エヴリンは自分だと思う。数秒おきに別の世界を移動しながら、どの世界でも間違い続けている。意識のチャンネルを素早くザッピングしているうちに、全てのチャンネルが破滅に近づいている実感がある。

それでも生きるためには約束をしないといけなくて、報告や連絡や相談をしなければならない。これまでの数々の失敗をまた私は忘れて同じことを繰り返すんだという強い確信があって、憂鬱《ゆううつ》になる。痛い思いをしても痛みを記憶できない場合、どのようにして懲りればいいのか。自分の中にある加害者としての資質はあまりにも強固だ。対処法は「やる」。それしかない。桜井さんの言っていることに尽きる。でもどうしてもできない。余計なことだけはできる。

本当に最悪だが、これは今の体調不良が生み出している、ただの気分としての最悪にすぎないのも理性ではわかっている。それでも今は脳が黒いモヤの中心にあるから、こういうことしか書けなくなってる。いったん寝て頭を冷やします。

イデアのゆりかご

No.11　むきだしマイハート

コミュニケーション

仲良くなりたい犬がいる。会社の近くにある花屋で飼われているゴールデンレトリバーだ。私は大型犬と遊びたい。コンビニ帰りに通りかかると、犬はいつも軒先で伏せて道路を眺めている。かわいい。なでたい。しかし、その横で飼い主（たぶん花屋の店主である）のおじさんがピッタリ付き添っている。他人の犬を勝手に触るのはよくないだろう。ということで許可をとって触りたいのだけど、なんと話しかければいいのかわからない。ひとんちの犬を触るためには、まず飼い主の心に触れなければならない。

やっぱり「かわいいですねえ」が無難だろうか。「何歳ですか？」「男の子ですか？　女の子？」とか。そういうことを言って「触ってもいいですか？」と尋ねる。それが常道だろうか。犬を触っている間はどうすればいいんだろう。う〜んだめだ。もうちょっと想像しただけで無理。犬触りたい欲がむき出しな感じが無理だ。

話はそれるけどコンビニレジ前のお菓子みたいなのも買えない。あれって「ふと」買うもので、その「ふと」の心の動きを店員に察知されるのが嫌だ。

もっと自然な状況で不可避に犬を触りたい。「仕方ないが、ゴールデンレトリバーを触るしかないな」という状況を作り出したい。私のカバンをくわえて盗んでくれないかな。笑顔で追うので。

流行

Ｔｗｉｔｔｅｒが大変なことになっているみたいだ。内部的な不具合を修正できる人が運営側にもほとんどいなくなってしまって手がつけられない、みたいな噂《うわさ》も目にした。レイオフしまくってたらそういうふうになるのか。

もう15年近くＴｗｉｔｔｅｒをやり続けている。タイムラインを見なかった日はほとんどないだろう。それなのに、このＴｗｉｔｔｅｒの現状を見ても心があまり動かされない。

実際問題、Ｔｗｉｔｔｅｒが仮に消滅したら困ることはいろいろ多いのだろうと思う。記事の告知はＴｗｉｔｔｅｒに8割くらい頼っているし、広告業界とＴｗｉｔｔｅｒは切っても切り離せない。なくなると困る。ただそれは「出勤のために使う電車が不具合で止まっていて困る」に似た種類の問題で、あくまで実務上のものだ。15年付き合ってきたＳＮＳが破滅（するのか？）に際しているにしては、情緒的な変化はほとんどない。今日はほとんどＴｗｉｔｔｅｒを見ていなかったけど、全然平気だった。

活動の場所を増やしたのは大きい。5年前に始めたこの日記にしても、Ｔｗｉｔｔｅｒ以外の足場を増やしたいというのが動機のひとつだった。同時期にＤｉｓｃｏｒｄのサーバを立てたりもした。なんにせよ私が一定の立場を築いてしまったからそう思えるだけ、というのはあるだろうな。コネクションを持たない、なんでもないやつにとってＴｗｉｔｔｅｒはとてもちょうどいい場所だ。シームレスに繫がった有象無象の中、心地よく感じる場所に自分を置いてみて、実存をなんとなく見つけるのに適している。無用途人間にとってこれほど素晴らしい場所はない。

ところで、みんなわりと気軽に「文化」というものを標榜するよねとよく思う。実際には、ほとんどの「文化」は「流行」にすぎない。

ちょっと前に、お笑い業界で特定の人物がずっとトップに君臨しているせいで新陳代謝が行われず、若手が活躍できない、みたいな問題提起を見たときも思った。「お笑い」という名のついたものがあたかも永遠に続いて当然であるかのような物言いに不思議さを覚えたのだった。

今「お笑い」と聞いて連想するようなものは、多く見積もってもせいぜい100年未満の歴史しか持たないものだ。そのありかたはテレビやラジオといったメディア形式に大きく依存してきたし、媒体の変化によっていともたやすく変わったり消えたりしてしまう。笑いそのものはずっと昔からあったし、これからも人は笑うためになにかするだろうが、「お笑い」という形態に必然性があるわけではない。文化とされているものの多くは、おそらく想像よりもずっと耐用年数が短いのが普通だと思う。

AIによる創作が物議を醸している。あれは見方を変えると人間による創作という「文化」が、実は長い長い「流行」にすぎなかったのではないか？　という破壊的な問題提起にもなっているのではないだろうか。創造性とか著作権といった概念も、「人間による創作」という大きな流行の内部でのみ通用するタームであって、枠組み自体が別の段階にシフトしたら機能しなくなるのかもしれない。

とはいえ、各個人は長い時間・空間スケールのごく一部の範囲をミクロに生きるしかない。だから「流行」にこだわる正当性があるのだが、流行の終わりを世界の終わりみたいに捉える必要は別にないんじゃないかとも思う。文化が存在するべき理由を文化自体が語ることはできない。

できなさ

焼肉弁当を出前注文したら、間違えてひとつ余計に頼んでいたことが発覚。昼に焼肉弁当を2人前食べることになってしまった。なんとか食べ切れたがかなり腹がいっぱいになり、困った。

食べずにとっておいて、あとで消費すればよかった。

食べずにとっておいて、あとで消費すればよかったんだよ‼

こういうことができないの、ヤバくない？

こういう「できなさ」、意味がわかんない人には本当に理解不能だろうな。自分だって意味がわからない。ふつう「できない」って「気づいていなくてできなかった」か「自分の能力やタイミングの問題でできなかった」のどっちかに属する問題だと思うんだけど「問題に気づいてるし、タイミングはバッチリ、能力的にも可能、なんならやる気もある。だが、できない」ってことがある。あれ、なんなんですか？

ダルい

コンビニで「これ絶対うまいやつ！」という名前のラーメンを見かけて「ダルいネーミングだなあ」と思う。この「ダルい」って言葉。具体的にどういう意味なのか？　案外説明しにくい。

「ダルい」は、ともすればつまらないとかスベってるといった言葉と混同される。しかし実際は「ノリ」を強要されたときに生じる感情だと思う。

「ノリ」の強要とは、発信者があらかじめ受信者の反応を決めているような状況を指す。言われた瞬間に反応するべき「正解」がひとつしか残されていないと感じ、その反応をなぞるしかない状況で人は「ダルい」と思うのではないだろうか。つまり、コミュニケーションにおいて自由がないと感じたときの反応だ。「バター、舐めたことないでしょ、飛ぶぞ。」という名前のバター飴を与えられたとき、すでに何らかの「ノリ」が支配的になっている。ノリは恐ろしい。

ちょっといい

4月ももう終わりだ。平日の昼間に駅前を歩くと、駅前のちょっとした広場みたいなところで弁当を食べている新卒ビジネスパーソンたちをちらほら見かける。彼らの背中は少し小さく見える。大人になったら体格なんてそう変わらないはずなのに。

この風景はなぜか4月限定だ。5月、ゴールデンウィークが終わる頃にはパッタリと見かけなくなる。それに気づくたびに「彼らは今どこで昼食を食べているんだろう」と気にかかる。

普通に考えれば昼食は毎日食べるものだから、どこか別の場所で食事をとっているのだろうが、ではなぜ、広場で食事することをやめてしまったのか。

それは広場が「ちょっといい空間」だからではないだろうか。少し開けた場所で、太陽の光を浴びながら弁当を食べる。「ちょっといいライフスタイル」だ。4月。これから社会人としての初めての新生活がスタートするというとき、頭の中は「ちょっといいライフスタイル」でいっぱいになる。あれっ、会社の近くにこんなおしゃれなサンドイッチ屋さんがあるじゃないの。そしたら、そこでBLTサンドなんか買って広場のベンチで食べたら、なんかそれって少しステキじゃない？　と、思ってしまうものなのだ。

この「ちょっといい」感覚は、実際の地に足ついた「いい」とは別だ。雑貨屋で薄墨色の一輪挿しを見かける。あら、ちょっといい。そういえば花のサブスクなんてのがあるんだっけ。毎月花を入れ替えて眺めて暮らすなんて、ちょっといいんじゃない？　と思う。でも「ちょっといい」には強度がない。一輪挿しを置くには、一輪挿しが似合う部屋が必要で、でもそんな部屋を維持するには自分自身が己のスタイルを律しなければならない。ドンタコスの袋が散らばっているようなことがあってはならないのだ。

巷《ちまた》の「ちょっといいもの」は、それを手に入れるだけで自分の暮らしが一段ステキなものにアップデートされるかのような錯覚を与える。しかし実際は逆なのだ。「ちょっといいもの」にふさわしくなるように自分自身を変えなければ、恩恵は得られない。新生活という節目は様々な角度から「ちょっといい」に惑わされる時期である。やがて、生活で希釈した失望をゆっくり時間をかけて飲み干す時期がやってくる。

平日は公園でランチ。この「ちょっといい」を実現するには想像以上のコストがかかるのだろう。天候が悪い日はどうするのか。同僚と付き合いで食事することだってある。そもそもサンドイッチは高い。夏は暑い。冬は寒い。風が強い。サンドイッチに飽きる。

こうした例外の小石が絶え間なく降り注ぐのが日常生活というもので、気づけばあらゆる例外に最適化した、「ちっともよくない」ライフスタイルが完成している。片手でコンビニおにぎりを食べながら事務所の机の前でボーっとモニターを見ている自分に気づくのだ。それでも人は「ちょっといい」にあこがれてしまう。ベランダにタイルを敷き詰めて、デッキチェアなんか置いてみたらちょっといいんじゃないの？　なんて。

オリジナル

横断歩道で信号無視する歩行者を見かけた。別に憤りは感じない。だが、そういう状況で「あっ！　あの人信号無視してる‼」と叫んだらどうなるのだろうという想像はする。そんなことを言われたらすごく気まずくて、嫌な気分になるだろうな。

信号無視をする人にも流派がある。赤信号を完全にシカトするストロングスタイルの信号無視者はかなりの少数派だ。けっこう多いのが、車道側の信号を基準にして渡る歩行者である。車道側の信号が赤くなったら「良し」として横断歩道を渡ってしまう。ボーっとしているとそういう人につられて道を渡りそうになって危ない。無視する人なりの「これはまあOK」というラインに従っているらしい。

信号無視はもちろん褒められたことではない犯罪だが、彼らが道を渡るとき、そこには「善」の判断がある。それはいわばオリジナル道徳であり、決して教科書には書かれない実践的な倫理だ。

ユーモア

全く内容のない空白のツイートに「なんだこれは……ゆるせない……」と引用ツイートを

し、それに「マジかよ……酷すぎるだろ……」と引用を重ねる遊びが英語圏で流行していた。日本にも先週あたりから広まり始めた。「反応」だけが連鎖する、不幸の手紙から不幸を抜いたナンセンスジョークである。元のツイートをたどると結局何もなく、その人も共犯者になってしまう仕組みだ。

興味深かったのは、私の観測範囲ではTwitterのインテリ層、つまり社会問題について議論する教授や社長、ライターたちがこのジョークに率先して便乗し、拡散していたことだ。普段あまり冗談を言わないような人々も参加していて印象的だった。たしかに「頭のいい人」が好むユーモア特有の要素がこのジョークには詰まっている感じがする。具体的に書けばこうなるだろうか。

・直接的には誰も傷つけない
・ネット特有の反射的バッシング行為への風刺
・フォロワーとの共犯関係を楽しむ
・参加することでリテラシーの高さを示せる

自発的なルールの発見を促し、誰も傷つけず風刺的な匂いを漂わせるなど、インテリ層の社会的欲求にうまくマッチしているように思う。

風刺的なユーモアは、笑うことで自分が笑い者にされるのを防ぎ、笑う主体に回れるという、ある種のリスク回避の手段だと言える。この引用ツイートジョークも、ユーモアの意図を理解した人だけが参加できる仕組みが見事だ。みんなと同じことを書くだけで一段上の舞台に立てる権利なんて欲しいに決まっている。

楽しそうなので私も便乗しようかと思ったが、こうしたバズは創始者が一番面白く、どうやってもその人を超えられない。それが悔しくて、結局見送ることにした。

パラドックス

ライフハック系のメディアを運営している人がよく「生産性爆上げ！ 最強のメモ術」みたいな記事を書いている。私はそういうのをよく読んでは「やるぞ」と思うのに役立てている。読むカフェインのようなものであり、実際にやるとは限らない。

そのライフハッカーが実際にどんなメモを書いているのか見てみると「メモ術」そのものについての気づきが羅列されている。彼の仕事は「仕事効率化」についての情報を発信することなのだから当然だ。

この状況に私は何か奇妙なものを感じた。何かが矛盾しているわけではない。彼は実際に価値ある情報を提供しているのだ。それでもなぜ奇妙に感じるのか。これを「ライフハックのパラドックス」と名付け、他の例と比較してみた。

例えば、自分では小説を書き上げたことがないのに小説の書き方講座を開く人を考えてみよう。「書いていないのに教えられるのか?」という疑念もあるかもしれないが、原理的には可能だ。プレイヤーとしては一流でも、コーチとしては三流以下という人もいるわけだし、逆も然りだろう。

これとライフハックのパラドックスを比べてみると、両者の構造は異なっている。ライフハックの場合、方法論を語ることそのものが方法論の実践と重なっているのだ。「仕事について考えること自体が仕事」というわけ。私はその構造に、なんだか虚無的というかむなしい気分みたいなものを感じてしまうのだが、これは錯覚なのだろうか。実際には価値を創出しているにもかかわらず、だ。

ダンスの振付師は舞台に立たないが、教えるために踊る行為には意味がある。あるいは、土を掘って埋めるだけの行為は何も生み出さないけれど、それが効率的な穴掘りテクニックを教える役割を果たすならば意味がある。ライフハックも同様のはずだが、何かが違うように感じる。

もしかすると、「仕事」というものが他動詞的なものであると私が考えているから変に感じるのかもしれない。ダンスや穴掘りは、その行為自体が自分自身にとっての何かを満たすもので、自動詞的だと感じる。一方で、ライフハックはその方法論によって高められる別の何かがあるべきだと暗に考えているのか。

「分業の広まりで、仕事のやりがいが実感しづらくなった」という話はよく聞くが、ライフハックのパラドックスはそんな分業化の極北にあるのかもしれない。「クルマを組み立てる」という目的に向かって、各工場作業員は「クルマのある部分のネジを締める」作業をこなす。あらゆる仕事の要素を分解していくと「仕事の効率化について考えるだけの仕事」を誰かが請け負うことになる。その仕事には〝中身〟がなくてもよい。形式そのものを洗練させていくことが目的なのだから。

肝臓

自宅を出たとき、昨晩粗大ゴミに出した机がもうなくなっていた。目の前で回収されるのと、見ていない間に回収されるのとでは、出来事の手触りが違う感じがする。置き配とかもそうだ。チャイムが鳴ってドアを開けるとホカホカのカツ丼が置いてある。いまだに怪奇現象に遭遇したような感覚に陥る。

古いPCを回収業者に出したあと、数日経ってから「データ完全消去の証明書」が送られてきた。それを見て、自分のPCからSSDやハードディスクが引きずり出されて破壊される様子を想像してみたが、うまくイメージできなかった。ほんの最近まで家の中にあったものなのに、もう想像の中にすら居場所がなくなっている。

臓器を誰かに移植したりしたらどんな気分なんだろう。自分の肝臓が誰かのおなかに移動して、今この瞬間も元気に胆汁を分泌している。そんな光景を想像しながら眠ったりするんだろうか。

リープ

仕事で取り返しのつかない失敗をしてしまった。頭を抱えて強く念じた。どうか時間よ巻き戻ってくれ。すると、さっきまで真っ暗だった窓の外が明るくなっていた。テレビをつけると、見たことのあるニュースばかりが流れている。日付を確認する。今は昨日の朝だ。

なんと、僕はSFでよく見るタイムリープの力を手に入れてしまったらしい。さらに頭を抱えて「3日前に戻れ」と念じてみた。即座に3日前に転移していた。

時間はいくらでも遡れるのだろうか。そう思ってまず頭に浮かんだのは、小学生のとき池に落ちて死んだクラスメイトの女子のことだった。春の遠足のさなか、いつのまにか水面に浮かんでいた白いブラウスの背。僕は彼女のことが好きだった。この力があれば、彼女を救えたかもしれない。

「20年前に戻れ」

強く念じて目を開けると、懐かしい天井が目に入った。実家の木目だ。慌てて手を見る。小さい。子どもに戻っている。僕は11歳になっていた。

「そろそろ起きなさい。今日は遠足でしょう」

台所からまだ若々しい母の声がした。「うん」と答え、着替えながら目的を思い出す。彼女が池に落ちる前に助ければ、未来は変わるはずだ。それをやり遂げなければならない。

懐かしい面々に囲まれながら、僕は遠足に参加した。彼女はちゃんとそこにいて、生きていた。長いまつげは記憶よりも美しかった。

本来の歴史だと、自然公園の自由散策時間に事故が起こっている。なるべく彼女から目を離さないように気をつけなければ。僕はさりげなく彼女の後ろについてまわることにした。

彼女は単独行動を好むタイプで、この日もひとりで日陰を歩いていた。遠巻きに眺めていると、彼女が予定の記されたしおりをかばんから取り出そうとした。そのとき、風が吹いてしおりが飛ばされ、近くの池に落ちた。

「あっ」

彼女は思わず腕を伸ばし、その拍子に体のバランスを崩した。僕はその体を抱きとめ、草の上に下ろした。呆気《あっけ》にとられた顔が僕を見つめている。

「あ、ありがとう」

「良かった、間に合った」

どうにか、彼女の命を失わずに済んだ。安堵《あんど》に包まれ、全身の力が抜けた。本当に良かった。彼女が生きている。これからも彼女と生きていくことができる。

これがきっかけになり、僕と彼女は親密になった。中学に上がる頃には、もはや交際していると言っていい関係になっていた。中学2年の夏に彼女は死んだ。駅のホームに落ちて電車に撥《は》ねられて死んだ。後ろに並んでいた男が突き飛ばしたのだ。男は「むしゃくしゃしていて、誰でもよかった」と月並みなことを言っていた。

僕はまた時間を巻き戻し、彼女が電車に乗らないよう電話で忠告した。その日の夕方に流れたニュースで突き落とし事件が報道されていた。誰か知らない人が電車に轢《ひ》かれていた。

僕と彼女は同じ高校に進学した。高校1年の秋に彼女は死んだ。下校中に飛んできた野球部の硬球が当たって死んだ。人形のように手足を投げ出して横たわる彼女を見て僕は青ざめた。なぜ、こんなに何度も彼女は不運に見舞われて死に続けるんだ。死の運命に支配されているのだろうか。

だけど諦めるわけにはいかなかった。僕は彼女のことを愛していたからだ。迷わず時間を戻し、彼女を救った。並んで歩く彼女の横顔を見ていると、何がなんでも死なせてはならないと感じる。死のきっかけが彼女に忍び寄るたび、僕は時間を戻して振り払った。

24歳の冬、僕と彼女は結婚した。こうなることが僕の目的ではなかったけれど、ずっと一緒に暮らせば、彼女に迫る危険にもいち早く気がつける。僕と彼女の生活は順調に過ぎていった。

「ただいま」

仕事を終えた僕が玄関から声をかけるも、いつもなら聞こえてくる「おかえり」がない。出かけているのだろうか。何だか嫌な予感がして、早足でリビングへ向かう。床が真っ赤に染まっていて、中心で彼女が仰向けに倒れていた。その左手は見慣れた果物ナイフを握りしめている。

僕は血相を変え、彼女の名を叫んで駆け寄った。幸いまだ息はあった。

「おい……おい。どうしたんだよ。今救急車を呼ぶからな」

彼女の華奢《きゃしゃ》で色白な肌はいつも以上の蒼白になっていた。小さな口がわずかに開閉している。僕に何かを伝えようとしているように見えた。口元に耳を近づけると、不規則な呼吸の隙間から言葉が聞こえてきた。

「……くん」

僕の名前を呼ぼうとしている。

「……くん………」

出血がひどく、衰弱が激しい。もしかしたら、今回もまた助からないかもしれない。いったい誰がこんなことを。なぜ、彼女はこれほど死に魅入られているのか。

「もうすぐ救急車が来るよ、もう少しだからね」

「……くん」

「え？」

「……よ」

その直後、僕を見つめる瞳から生気が失われた。もう、呼びかけにも答えない。またしても彼女は生命を失った。

警察の話では、自殺である可能性がかなり高いという。説明を聞きながらも僕はうわの空だった。ぼんやりした頭で、彼女が最後に残した言葉のことをずっと考えていた。

また彼女は死んだ。また僕はひとりになった。でも、強く念じれば時間を戻せる。そうすればいとも簡単に彼女は蘇る。だけど、もう二度とそんなことをする気は起こらなかった。

「……くん」

最後に彼女はこう言っていたのだ。

「しつこいよ」

願望

年末年始は家でずっとポケモンやったりご飯食べたり本読んだりして過ごしていた。小学生の冬休みかよ。

私は主人公をカスタムできるゲームでは絶対に性別を女の子にする。今プレイしているポケモンは主人公の着せ替えができるのでより楽しい。おかげで冒険のほうがおろそかになっている。上下を白か黒のモノクロでまとめた垢抜けない女子中学生みたいなファッションづくりに全精力を注いでしまっているためだ。いや、こういう自虐っぽいごまかしはやめよう。かわいいと思っている。心の底からかわいいと思ってそういう服を着せている。これは私が着せ替えゲーム『ミラクルニキ』をやっていた頃からの趣味だ。『わがままファッションガールズモード』では、こういう芋ファッションをすると評価がめちゃくちゃ低くなる。

自分には女性化願望があるのだろうか？　とたまに考え込む。これはけっこう自分にとって微妙な問題で、自分でもその動機や理由が掴みきれない。最近わりと話題になっている「バ美肉（＝バーチャル美少女受肉。美少女のアバターを着て演じること）」にはさほど興味がない。でも美少女にはなってみたい。

しかし、「鏡を見たらそこに美少女」というような状況には興味がない。自分自身が「それ」になりたいというよりは、むしろ自分自身を消去したいのだ。そして視野のフレームだけを残し、中央に美しいものだけを捉えておきたいのだ。実に都合がいい。だから、ゲームキャラクターを操作している様子を眺めたいのだろう。キャラを見ながらも「見ている主体」の存在を消し去るのである。言い換えれば「自分自身を客体そのものにしたい」ってことでもあるのかもしれない。

じゃあなんでその客体が美少女なのかといえば、私が男性だからだと思う。アバターを作るとき身体的に自分と共通の存在だとそこに感情移入の可能性が生まれてしまう。それは望まない身体性と現実感を生み出し、自分自身の客体化がうまくいかない。だから、肉体的・年齢的に隔絶された他者である美少女に「ならずして、なる」ことへ惹《ひ》かれているのかも。私がヘテロセクシュアル（異性愛者）だからだ、と簡単に説明するよりはしっくりくる。「美少女」と一括《ひとくく》りにするのもちょっと語弊がある気がしてきた。無性別に近い存在に憧れているフシもある。男っぽいものも女っぽいものもそんなに好きではないし、未分化なものへの憧れなのだろうか。

気質

あまり仕事をしたいと思わない人間だが、仕事ができる人を見ていると、やっぱりちょっといいなあと思う。なんでそんなに有能でシャキシャキ動けるんだろう。そんな人々を羨望混じりに眺めていたら、大きめのなにごとかを為す人に共通の気質みたいなものがだんだん見えてきた。それは概ね三つの要素からなる。

①元気であること

これがなにより重要だと思う。結局、体力が必要なのだ。気力も含まれる。1日に三つ以上の用事をこなせること。役所に届け出を出すついでに美容院へ行って、帰りがけにスーパーまで寄れちゃう人。

②自分自身との約束を守れること

昨日の自分の望みを今日に繋げられる能力。完成までに何年もかかる計画を成し遂げるにはこの能力がどうしても必要になる。できる人にとっては当たり前すぎて、なにが「できている」のかわからないかもしれない。できる人にとっては（驚くべきことに）昨日の自分も自分だし、1年前の自分も自分なのだ。シャキシャキ動く人と接していると「自分」がデカいなぁーと感心する。

私は「自分」が小さい。1年前はもちろん昨日の自分だって他人だし、下手したら1時間前の自分にすら感情移入できない。瞬間として存在している「今・ここ」にしかリアリティを感じられない。

③負けず嫌い

必ずしもスポーツ的・資本的な勝ち負けである必要はない。いろいろな活動に「勝ち・負け」を見出す能力。そして、そこに悔しさを感じるセンス。

これらの素質は金や努力で買うことが難しい。「元気」に関してはある程度どうにかなるけれども、根本的な気力の部分は素質が絡むと思う。スライムは1ターンに1回しか攻撃できない。キラーマシンは2回切りつけられる。人間にもそういうのがある気がする。「自分自身との約束を守る」に関しては、習慣の継続や教育でそれなりの向上が期待できる。しかし、自分という存在にリアリティを感じられる度合いは人によってかなり違っていて、これも固有の素質があると思う。1年前の自分もまた自分だと思う能力は、そう簡単に伸ばせない気がするのだ。

負けず嫌いさについてもそうだ。棋士の羽生善治《はぶよしはる》氏は、自分の子どもと将棋を一局指してすぐ「穏やかすぎてプロには向いていない」と判断したという。大人は子どもに教育の機会を与えることはできるけれども、経験した挫折をどれだけ悔しがるかについては教えることができない。

「元気」×「約束」×「負けず嫌い」＝先天的な成し遂げ力《ちから》だ。やや単純化しすぎかもしれない。負けず嫌いにしたって「モテなくても全然平気だけど、七並べで負けるのだけは絶対に許せない」みたいな人だっているわけだし。それでも、上記の三要素は人の生き方を大きく左右すると思っている。

これは絶望なのだろうか。むしろ私は己の限界と落とし所を見つけることでより自由になれると思っている。なにも全員がデカいなにごとかを成し遂げる必要はないし、己で主導せずともそこに参加する方法はいくらでもある。「エネルギーの塊みたいな人の横に立つ技術」みたいなものだってあるし、逆に先天的な「成し遂げ力」が高い人には難しかったりする。それが面白いのだ。

人は「無限の可能性」を信じたいあまり、傾向から推し量れる限界を知ることを忌避しがちであるような気がする。たとえば、性愛の傾向に関してはかなり細分化されている。性的に旺盛だったり、同性に惹かれたり、無機物に惹かれたりする人もいる一方、性愛や恋愛を必要としないアセクシュアル・アロマンティックもいる。厳密な境界線はなくグラデーションになっているが、ともかくそういう区分けによって生き方の指針を作ることができる。個々人の世界像の捉え方についても驚くほど多様であり、傾向の違いがあるはずだ。前向きにというより、フラットにそれを捉える枠組みがあってもよいと思う。

おおきいのであろうかぶ

むかしむかし、おじいさんとおばあさんが、かぶをうえました。かぶはすくすくと育ちました。地面から、りっぱな葉がふさふさとしげっています。

「これはきっと大きなかぶだわい」

おじいさんは、かぶを抜きたいなと思いました。

「うんとこしょ。どっこいしょ。って引っ張ったら、抜けるんじゃろうなあ」

ところが、かぶを抜く気がおきません。おばあさんがやってきて言いました。

「うんとこしょ。どっこいしょ。って一緒に引っ張ったら、思い出になるでしょうねえ」

それでも、かぶを抜く気がおきません。そこに、ふたりのまごがやってきました。

「うんとこしょ。どっこいしょ。って、協力して引っ張ったらさあ、日記に書けるし、一生の思い出になるだろうなあ」

「間違いないわね」

まだまだ、かぶを抜く気がおきません。まごが犬をつれてきました。

「この犬がさあ、かぶをひっぱるの手伝ってくれたら、その動画めっちゃバズるだろうなあ」

「バズるじゃろうなあ」

それでも、誰もかぶを抜く気がおきません。

「それでさあ、次はこの犬が猫をつれてきてさあ」「あー、協力してひっぱるのねえ」「うんとこしょ。どっこいしょ。ってな」「そしたら、見たこともないくらい大きい白いかぶが、バーンって出てくるわけ」「それ、最高」「どうする？　今度集まってやっちゃう？」「出たー、婆さんの深夜テンション」「婆さん節炸裂」

おじいさんとおばあさんとまごといぬとねこは、地面にうわったかぶを眺めながら、いつまでも楽しそうに話し続けました。しかし、かぶを本当につかもうとする人はいませんでした。いつしかかぶは地面のなかでくさってしまいましたが、誰もそれを悲しみませんでした。

なぜなら、みんなでかぶをかこんで語り合った日々が、どんなかぶよりも大きな思い出になったからです。めでたしめでたし。

☆★この本の教訓★☆

なんでもかんでもやればいいというものではない。

極限

朝起きたら筋肉痛で体が動かなくなっていた、昨日『ソードアート・オンライン』をイメージしたアトラクションに参加して棒を振り回したせいだ。

ひどい筋肉痛だと、体勢の変化にいちいち「覚悟」が要る。階段を一段降りるのもちょっとしたバンジージャンプの気分で、重力に身を任せて落下している。立ったり座ったり寝っ転がったりといった動作の全てに「よーし」という枕詞が必要になる。

右記のテキストを書いてから24時間経った。まだ痛い。

痛いことってこれからどんどん増えていくのかな。老化が進むほどに体力は衰え病気の罹患率も上がるんだから、それはそうだろうな。

私は痛いのが嫌いだ。「人生最大の痛み」っていったいいつやってくるんだろう。女性は出産のタイミングがそれになる人が多そうだが、男性の場合は基本的に予想できない。できないけれど、人生のどこかで「それ」は確実にやってくる。怖くて仕方ない。

今味わっている痛みが、今後の人生を通して一番の痛みなのかどうかを教えてくれる妖精がいてほしい。めちゃくちゃ痛い思いをしたとき「今後はそれ以上痛いことないですよ」と伝えてくれたらだいぶいいだろう。そんなことを子どもの頃から空想していたくらい、痛いのが嫌いだ。早く来てくれ、妖精。

でも、やっぱり来なくていいかも。もし、落ちてきた鉄骨に両足を挟まれて開放骨折したとき妖精が現れなかったら嫌すぎるからだ。「まだこれ以上の痛みが待ってるの?」と確信できてしまう。

ホラー作品なら、早くそのピークを知っておきたくて、どんどん自分を傷つけ始めるだろう。でもどれだけ痛めつけても、妖精は姿を現さない。そのまま年老いて、いつしか妖精のことを忘れてしまう。臨終の際になって、あれっ、結局痛みのピークは来なかったな、ああ、もうすぐ死ぬな、と思った頃に、妖精がようやくやってきて、

「今から始まりますよ」と告げてきたら、

嫌だな。

賛成

昔のアニメを見ていると「賛成」というフレーズがよく出てくる。

「ねえねえ、今度はブランコで遊ばない?」「賛成」みたいな。

最近の子どもってこういうセリフ言うんだろうか。昔の子どもの遊びの描写は「決(けつ)」を重視しているような気がする。子どもなりに民主主義的なものを真似して遊びに取り入れていたのだろうか。

偏屈

繁華街で流れるアナウンスに不満がある。

「客引きの言葉は全部ウソです」という文言は、明らかに誤りだ。客引きもふと「空の星は過去の光」とか、本当のことを言うかもしれないじゃないか。取り締まる立場なら多少言葉を雑に使ってよいとする正義の傲慢《ごうまん》を感じる。ちょっと客引きを応援したくなる。

……ということをツイートしたら「強い言葉で言わないと伝わらないからそう言うんじゃない？」という「マジレス」がいくつか来た。その通りで、私のは幼稚な揚げ足取りだ。ただ、あえてマジレスにマジレスを返すならば、まさにその「どうせ普通に言っても伝わらないんだから」という判断にこそ正義の傲慢が出ているのだ。とはいえ、正義がそういう傲慢なしに実現できないこともわかっている。おそらくそういうふうに運用していくのが経験的に最良なのだろう。

「悪の組織」についても不満がある。

現実に知られている「悪の組織」というと、たとえばヤクザや暴走族や半グレ集団などの反社会的勢力が挙げられる。ああいう組織に所属する人がどういう人々なのか見てみると、かなりの割合で「ふつうの人生設計がうまくいかなかった人」が含まれているのではないかと思う。たとえば学校の勉強がうまくいかなかったとか、他人と協調するのが苦手で孤立し暴力に走ったとか。なんらかの能力的欠損を抱えている人が、反社会的な集団に取り込まれていく構図がある。

しかし、悪の組織といえど、その組織をうまく回すには普通の意味で有能な人のほうが役に立つのは自明だ。高度な計算ができて、納期を守れて、コツコツした作業ができる人は、詐欺グループに入っても役に立てるだろう。

でも、そういう有能な人材は普通まっとうな職に就くのである。反社会的勢力で働くのはリスクがとても大きい。摘発の心配もあるし、社会保障だって満足に受けられない。汎用的な能力がある人は犯罪なんかしないほうが有意義に生きられる可能性が高い。当たり前の話だ。この「当たり前」がなぜ成り立っているかというと、そうなるように社会を構築したからである。反社会的勢力に有能な人が流れ込みづらくなるように。言い換えれば、真面目にちゃんとやれる人はまっとうな道を歩むのが最も得であるように。

みんなが「悪の組織」へ抱く悪印象には、ただ単に社会的に不正であるという悪さだけでなく、それを構成する人間の品質が「悪い＝劣っている」ことへの嫌悪感も、巧妙に混ぜられているのではないか……と私は疑っている。倫理的な「悪」と性能的な「劣」が1箇所に流れ込むような仕組みができてしまっているのではないか？ この世界は。正義ってずるいよ。

フィクションの「有能な人材だけで構成された悪の組織」は、「悪」だが「優」れた組織へのあこがれが作り出したのかもしれない。能力的な良し悪しに左右されず、純粋に不正だけを働くことが可能な組織は、倒錯的に「いいな」と思わせる。

不謹慎

なぜか「笑い」という表現手法は、実際のありようよりかなり狭い運用を強いられがちだ。今公に認められている「笑い」には肯定的な意味合いばかりが強く色づいている。たとえば「ネコが死ぬ」という事象をフィクションで描くとして、それを描くこと自体は（嫌がる人は多いだろうけど）怒られない。ところが「ネコが死に、結果的に笑いが起こる」というような描写だった場合、それを描くこと自体が怒られたりする。

それは、無意識に「笑い」に肯定的ニュアンスを読み取っているからではないかと思う。つまり「笑うのは〝楽しいとき〟である→このフィクションは〝ネコが死んで楽しい〟というメッセージを肯定的に打ち出している」という読みだ。

たしかに肯定的なコミュニケーションを媒介するときに笑いは多く見られる。しかし、それはあくまで笑いの一側面にすぎない。

作り手側が受け手の「笑い」を引き出そうとするときに狙うのは、肯定的反応だけではない。癒やす。怖がらせる。ビビらせる。引かせる。怒らせる。反省させる……等など、原理的にはあらゆる情動を引き出すことができるのが笑いだと思う。なぜなら笑いは「感情」ではなく「反射」のようなものだから。笑わせることは観客の体を強制的にふるわせ、なにがしかの情動を呼ぶ技術なのである。絶え間なく観客を笑わせながら、癒やし・怒り・内省など、バリエーションに満ちた体験をさせることだってできるのだ。

それゆえ「笑いにしてはいけないことがある」というような言葉は本質的に間違っている。そういった言説には、笑いが引き起こす情動の多様さについての観点がすっぽり抜け落ちているからだ。特定の意味内容を持たないものを倫理的に評価することはできない。

このような誤解が蔓延《まんえん》している背景には、共感・肯定・癒やしを前面に掲げることで商業的成功を可能にした「お笑い」の功罪がある。お笑いが市民権を得ることで、その効用はとても限定的なものだという誤解が生まれてしまったのではないかと思う。

たしかに広く開かれた場における笑いは「共感・肯定・癒やし」のような形態を取らざる

をえないのかもしれない。その意味では「笑いにしてはいけないこと」はたしかにある。けれど、無制限な笑いが否定されたことにはならない。少なくとも、金閣寺を焼く小説が書店に存在することを許されるのと同じ程度には、ネコを殺す笑いが存在する場所もどこかになければいけないと思う。必要なのは、笑いとそれを必要としない人とを隔てる仕切りだけだ。作り出したこと自体が責められてはならない。

もちろん、ただ単に悪質な笑いも存在する。批判的検討は絶えず加えられるべきだ。けれど特に笑いにおいて「言ってはいけないことを言ったからアウト」という短絡的な正誤判定が行われるような事態だけは避けたいのだ。笑いは（ほかの文学表現と同じく）どこまでも複雑な意味内容を持ちうる。それゆえに、その文脈を精確に読み込んだうえでの批判を望む。

このように考えたとき、「不謹慎な笑い」が真に批判されるべきポイントはその不謹慎さではなく、ましてや「NGワードを言ったかどうか」でもなく、「共感・肯定・癒やし」ベースのお笑い文脈を〝都合よく利用している点〟にあるのかもしれない。こういう泥沼に入らず結論を出すべきではない。

イデアのゆりかご

No.12　ダイアリー・ジレンマ

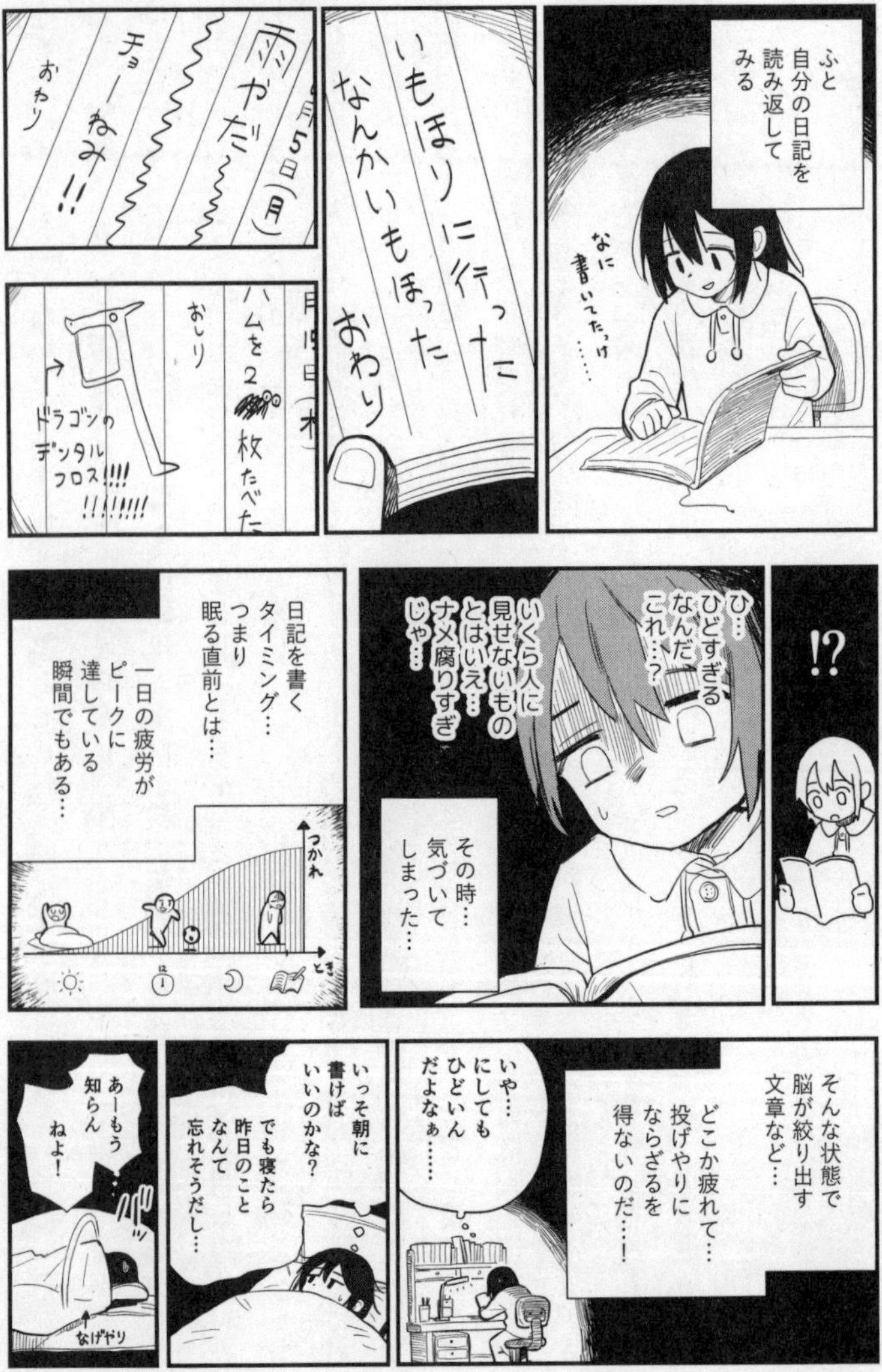

示唆

夜に仮眠をとって、たくさん夢を見た。そのうち三つを覚えている。

ひとつめは、近所を歩いていたら、前を見知らぬカップルが歩いていた夢。男のほうが、ファストフード店のドリンクを飲み干した後に残る氷を地面にばらまいて捨てていた。それを見た私は「後ろにいる自分が今、この氷を踏んで派手に転んだら、すごく気まずい思いをするだろうな」と考えた。そういう夢。

ふたつめは、またしても路上を歩いている夢。なにかおもしろい被写体を見つけて、身体を屈めて写真を撮影していた。すると、その様子を見ていたバンギャ風の派手な服の集団が「なにあれ、汚い」というようなことを言って笑っていた。私はそこでわざとその集団に目を合わせてじっと見つめ続けた。気まずい思いをさせてやろうと思って。そういう夢。

どっちの夢も根性が悪い。ストレスの蓄積を感じる。

三つめの夢はかなり印象に残っている。今までこんな夢を見たことがない。

YouTubeか何かで、ミュージックビデオを見ているだけの夢だった。米津《よねづ》玄師《けんし》と書いてあったが、声色はぜんぜん違った。アコースティックギターと若い男性の歌唱のみの、シンプルな楽曲。映像はアニメーションになっていて、漫画家の小山健さんが手掛けている

（という設定）。コロナ禍の情勢を鑑みて作られた作品らしく、歌にも映像にもその影響が見て取れる。ひとつの田舎町を舞台に、夏休みなのにどこにも行けない少年たちの日常生活を描いたものを漫画風アニメーションで見せていく。中盤で急に時間が飛んで約50年が経過する。子どもたちは老人になっていて、新たな日常を送っている。

それが、文章ではとても伝えきれないほど感動的で、私は夢の中で嗚咽《おえつ》を漏らして号泣していた。その田舎町では鉄と石炭を掘り出しており、トロッコに載った鉄や石炭が次々と運び出されていく映像と「鉄を送れ」というフレーズが何度もリフレインする。そのたびに胸が詰まり、涙が止まらなかった。

その感動のショックで起きてしまった。怖い夢を見て恐怖で飛び起きるという話は聞いたことがあるが、感動的な夢を見て飛び起きるという話は聞いたことがない。そして起きて気がついたのだが、私は夢の中だけでなく、現実でも泣いていた。枕がびしょびしょになっていたし、目の周りがふやけている。というか、起きてもいまだに涙が止まらない。蛇口から出した水がコップから溢れ続けるように涙が出てしまう。覚醒しているのに頭の中で「鉄を送れ」というフレーズがずっと響き続けて、そのまま5分くらい止まらなかった。

しばらく経ったら、あの夢で見た映像や歌のどこに感動したのか、そもそもどんな歌だったのか、全く思い出せなくなっていた。かなり強烈な感動だった。覚醒剤を使うと、一生かかっても味わえない「快感そのもの」にガツンと殴られて日常的な幸福がすっかり色褪《あ》せるという。私は転寝《うたたね》のさなかに「感動そのもの」に触れてしまったのではないか？　その感触はもはや遠く、枕の染みも乾いてしまった。

頭いい

アイドルやタレントに「でもあの人、頭いいんだよ」と言う人が昔からずっと苦手で嫌だなあと思っていたのだけど、その理由がわからなかった。

以前は「〝でも〟という表現から垣間見える無意識の侮り」「〝頭のよさ〟に言及することによるマウンティング」という理由をつけて納得していた。でも、どうもそれだけでは摑みそこねているような気がする。頭の片隅に「でも頭いいよね問題」がくすぶっており、近頃なんとなくその答えが見えてきた。この苦手さはもっと構造的な部分にあったのではないか。そういう言葉を発するヒト自体にではなく、そういう言葉が発される状況のほうに嫌悪感があったのかもしれない。

タレントを愛玩《あいがん》するとき「この子はこういう子なんだよね」という安心感はかなり重要だ。

人は誰かの優れた能力に畏敬《いけい》を感じることを好む一方、その優越性に不安や劣等感を抱きもする。だからか、「憧れながらも侮る」という一見矛盾した態度で人を推す。

タレントは、そんな顧客の屈折した欲に応えるためのパフォーマンスをする。ある点において優れていながらも適度に愚かで、観客席から把握可能な安心できる人格を演じ続けなければならない。

しかし、観客も馬鹿ではない。多くの場合タレントがそのような意味で「賢い」ことをよく知っている。観客が抱く安心感もまた巧妙にデザインされたものである。結局は手のひらの上で転がされているのだ。さて、ここで観客はふたたび不安と劣等感のリスクを背負うことになる。

そこで有効なのが「でも、あの人頭いいんだよね」とクレバーさを指摘する戦略なのではないか。自分を転がそうとする手のひらを再び手のひらで包み、観客はまた優位性を取り戻す。そこも含めて手のひらの上だとしたら？　問題はない。観客はその目的すら知っていると、いくらでも後出しできるのだから。

観客は振る舞いに込められた意図を読めるし、パフォーマーは意図を読まれることを前提として振る舞える。愚かで親しみやすいキャラ作りも、そこに意図される戦略も、客席には何もかもが筒抜けで、双方にとって思う壺だ。

無限の包み込み合いが可能なこの関係に中心はなく、他人を自分の手の中に握りこみたいという力がただ働いている。アイドルはあらゆる振る舞いをこの運動に捧げている。私はその力学が不気味なのかもしれない。

推し

「日本人は自分たちの信仰について尋ねられると無宗教だと答えがちだが、実際には自らが信仰しているものに無自覚なだけだ」という指摘をTwitterで読んだ。たまに見かける話ではあるが、それはそうだと思う。ただ「海外で無宗教と答えるのは、自分をモラルのない野蛮人だと言っているのと同じだから気をつけたほうがいい」みたいな論調になってくると、いや、ちょっとそれは……と言いたくもなる。

というのも、「そもそも、なぜ『信仰』や『宗教』などという、キリスト教的世界観の影響を色濃く受けた概念を受け入れて、自分たち日本人の価値形態をそのジャンルの中に置かなければいけないの？」という問い返しが可能だからだ。

「あなたたち日本人は無宗教のつもりかもしれないけれど、実は既に『信仰』を持っているのですよ」と言われても、「信仰」なる概念にそれが当てはまるとなぜ言えるのかを問題にできる。アイドルの話をしているとき「あなたは誰推し？」と尋ねる人の無神経さにも少し構造が似ている。答えを委ねているようで、他者の感情の流れを「推し」という言葉に集約すること自体は有無を言わさず押し付けている（この例示自体にも同型の問題があるのだが）。さまざまな価値形態に「宗教」というラベルを付け横並びにすること自体に、避け得ない暴力性がある。

「宗教」くらい抽象的で大きい概念になるとなんだか初めからあったもののような気がしてしまうけど、実際には人工物である。日本人の「無宗教です」という答えから、その区分けの基準自体を受け入れたくないというニュアンスを読み取ることもできる。「〝推し〟はいないかな～」とやんわり答えるような感じだ。

想像力

公共広告機構（現ACジャパン）の有名なCMがある。子どもが一心不乱に画用紙を黒く塗りつぶし続けるので親や先生が心配し、それでも何枚も黒い絵を生産し続けるため入院させられ……しかしその絵を並べると大きな鯨になった、というショートムービーだ。コピーは

「子供から、想像力を奪わないでください。」

全くその通りだと思う。ただ最近になって、このCMは結局のところ大人にとって理解可能な表現を許容しているだけになっているのではないか？という気がしてきた。たとえば、子どもが一心不乱に塗りつぶしていた黒が、本当にただ黒いだけだったら。あるいは猥褻《わいせつ》な絵をずっと描き続けていたら。それでも「想像力を奪わない」でいられるだろうか。

CMの筋書きでは、子どもの創作を注意深く観察することによって、描かれていたのが巨大な鯨であるということに気づくことができていた。しかし本来あるべき姿勢は、それがどのようであるかではなく、その内容がなんであれ許容することではないのか。

この種の本末転倒は寓話につきものだ。たとえば「金の斧」。あれは正直であることとの大切さを説く寓話だが、主人公は最終的に「正直であること」によって金の斧を獲得する。であれば、金の斧を得る見込みがないときは嘘をつくべきなのだろうか？　そうではないだろう。嘘は、無条件につくべきではない。そう教えるべきなのに、正直にさせようと「褒美」を用意してしまったばかりに、当初の大切なメッセージが台無しになっている。

子どもの想像力を大切にしよう。それは本当は大きな鯨かもしれないよ……という寓話に意味を持たせるなら、もっと飛躍した理解をしなければならない。「大きな鯨」を私たちにとって価値がある美しいものではなく、私たちの理解を超えた、しかし描いている本人にとっては確かな意味を持つものとして、共感抜きの理解をしなければ意味がない。

博覧強記

早稲田大学理工キャンパスで『ダサカッコワルイ祭り』というトークセッションイベントに出てきた。主催は早稲田の郡司ペギオ幸夫先生。そして進行は「大喜利β」などの異端AIで知られる「株式会社わたしは」の面々。緊張した。夜中までかけてスライド作ったりして。プレッシャーで心がネガティブになり、世界を呪ってしまったが、終わった今となっては完全なポジティブになり、世界の全てを祝福したい気持ちでいる。

イベント終了後、関係者一同で懇親会(という名の飲み会)へ。一般的に悪口はよくないものとされているけれど、腰の据わった悪口、相手への敬意がある悪口、本気でそれの正体を語ろうとした結果出てくる悪口というものは聞いていて気持ちがいいなと、人の話す悪口を聞きながら思った。

少人数で参加した二次会がめちゃくちゃおもしろかった。某哲学者と同席したのだけど、ものすごい博覧強記かつ、めちゃくちゃに泥酔している。「酔っぱらいの哲学者」と聞いて想像する厄介さを10倍したのがそれだった。

ほとんどあらゆる言葉の「単語の使用法」そのものに因縁をつけるので話がすぐ止まり、様々なテクニカルタームと文献知識が飛び出し、議論がかき混ざり、発散し、外部が侵入し、頭が痛み、すごいことになる。哲学者の才能は「物わかりの悪さ」に懸かっているような気がする。そのめちゃくちゃな混ぜっ返しに対応していく「わたしは」の竹之内大輔さんのすごさにも感服した。私には彼らが何を言っているのかほとんどわからなかった。

それにしても、ひとくちに哲学者といっても人によりそのスタンスは全く違う。別の学問をやっているといってもいいほどに違う。だが、その「全く違う」という一点において連帯するのが哲学だという気もする。「バカが言った言葉でもバカ本人を超えることがある」という発言が印象に残った。

22時を回った頃にはみんな酔いと疲れが限界になってきて、喋りまくる哲学者の話を聞きながらうつらうつらする人が現れ、私の隣に座っていた助手氏は机に突っ伏して眠っていた。斜め向かいにいた助手氏は箸を十字にかまえてこすり始めたり、箸袋を細かくちぎって丸め、割り箸の上に等間隔に並べたりするという奇行に走っていた。そんな状況でも「時間」「言語」

「方向」「世界」「外部」「ウィトゲンシュタイン」「ネーゲル」「アリストテレス」「空間」「道具」といった単語が常に飛び交い続ける。

最後、そろそろ店を出ますか、という雰囲気になった段階で哲学者が「1＋1って、なんで2なんだろうな……」と言い出した。駅へ向かう道で冷たい空気を浴びて頭を冷やしているとき、広告代理店の人が「こんな飲み会初めてで、脳が加熱した感じがします……」と漏らした。すると哲学者は「今なんで『脳』が出てきたんですか？」と突っかかっていた。

継続

酒井美穂子という人がいる。彼女は17歳のときから肌身放さず「サッポロ一番しょうゆ味」の袋麺を20年以上持ち歩いている。朝起きてから就寝するときまで握って感触を楽しむ。食べることはない。触り終えた袋麺は（触り終えるとはなんだろう）保管されていて、合計1万を超えるという。Ｔｗｉｔｔｅｒを通じてその人の存在を知り、衝撃を受けた。

酒井さんがサッポロ一番を揉み続けていることにこれといった意図があるわけではないのだろう。あるとしても、言葉で伝えられるような種類のものではないはずだ。ただその感触が好きだから毎日揉んでいる。それだけのこと。感動してしまった。なんだか毎日、いろんなことに目移りしている自分が少し恥ずかしくなってしまう。

それを知ったのと同じ日にこんなツイートも目にした。「もうすぐ4連休が終わるが、自分より上にいる人が努力している間に遊んでいては、自分よりも上の人には追いつけない」という、どこかの社長のツイートだった。それはそのとおりだろうけど、そんな姿勢にどうしても空しさを感じてしまうのはなぜだろう。

この人が努力をしている間に、酒井さんはサッポロ一番を揉んでいる。あなたが4連休を遊んで過ごした間に、酒井さんは四つのサッポロ一番を揉み終えている。だからなんなんだ、と問われれば、なんでもないと言うしかない。サッポロ一番を揉むことに意味などない。ないが、社会的な意味を完全に剝ぎ取られた行為であるがゆえに、そこに一個人の満ち足りた生活が立ち現れている気がする。完璧な空しさと完璧な充実が衝突する感覚。

日々の努力を重ね「良い人生」のために人生を費すのは、有意味だからこそ何か空しい。将来のビジョンを描く。えがく。つまり、それは一種の絵である。絵空事に人生の一部を浪費しているのではないか。「サッポロ一番揉み」にはその種類の迂回が全くない。行為の全てが実質的だからだ。

創作

「日記屋　月日」という日記専門店に行くため、世田谷区代田《だいた》に足を運んだ。私の日記をまとめた冊子も置いてもらったのである。

世田谷区代田は、徹夜明けっぽい若者が、お菓子とジュースの入ったビニール袋を携えて「あのときのツモがさあ……」「發《はつ》のヒキが……」と麻雀の反省会をしていたり、巨大なセントバーナードが散歩していたりする場所だった。邦画のワンシーンみたいだ。

「月日」には、一般書店で流通している作家の日記本やエッセイ集のほかに、出自のよくわからないミニコミ誌もたくさん置いてある。その中でも特に雰囲気の違う本があった。背表紙には「創作」と書いてある。中身も見ずに購入した。

読んでみて驚いた。1973年から1975年にかけて書かれた、不詳の人物による日記の再録であった。古書としてたまたま生き残っていた日記帳に感銘を受けた編者が活字に起こしたらしい。約50年前の日記である。

内容を追ってみると、愛知県の蒲郡《がまごおり》周辺に住んでいる若者（たぶん20代中盤から後半くらい?）が書いたようだ。彼は文学青年で、大江健三郎とか安部公房の本を買い込んでいる。自分でも文学を書きたいと何度か記しているが、実際に何かを書いた形跡はない。

中盤からギャンブルと酒の割合が明らかに増え、読書量は減っていく。花札・パチンコ・麻雀など一通りの博打《ばくち》で、毎日何千円も使っている。そしてそのたびに後悔して「二度とやらない」と宣言するが、数日後には同じことを繰り返し「自分は何度同じ過ちを繰り返すのか」と嘆いている。

一念発起して仕事を辞めても旅行に出てみても何も変わらず、博打で小銭を使っては本を読む日々が続いていく。日記の著者はそんな自分自身の体たらくに失望しながら日々を重ね、理想化された作家像と自分とのどうしようもない断絶に思いを馳せる。彼はしきりに「疲れた」と書いている。肉体的にも精神的にも疲れやすいらしく、休日は昼過ぎまで寝ているし、本を読むのすら疲れると言っている。決意は長続きせず、なし崩し的にギャンブルへ重心が傾く。

50年前の日記だが、ここで開陳されているものは現代人にも全く共通というか、むしろ時代を先取りしたメンタリティを感じた。他者にあまり興味がなく、特にやりたいこともなく、しかし何かをやりたいという欲求未満の痺れだけは持っていて、結局は薄弱な意志に振り回されている。さりとて破滅するほどの大胆さがあるわけでもないことは充分に承知しているので、自分で自分の底を覗《のぞ》き込んだようなむなしさを呟《つぶや》きながら日々が過ぎていく。全く他人事ではない。

こういうのを読むと、曲がりなりにも何かを完成させた文豪の描く煩悶《はんもん》が嘘くさく思えてきてしまうほどだ。あー、そうそう。「ダメ」ってこういうことなんだよな、と何度も頷きながら読んだ。

一月二十九日(火)

昨晩は、ずい分早く床につく。

西尾の現場へ。菓子を買って帰る。

毎日が、ただボンヤリと生活している様な感じ。八時、河崎の所へ。

彼等も悩んでいる。

非凡な人間になりたい。

彼は周囲の人から見てどんな人物だったんだろうか。案外、けっこう陽気な好人物として映っていたんじゃないかという気がする。人付き合いも良いようだし、家族との関係も良好だったようだ。それでもこういう感覚を全身に染み込ませ、隠して生きていたわけだ。

生きていれば著者はもう80歳に近いはずだ。今から当時をどう振り返るのだろう。書きたいと言っていた小説は書けたのか。なんとなく、書けていないと思う。しかし、彼とはもう日記を通じて友人になった気がする。それってすごいことじゃないですか。手を取れるならその手を取ってそう言いたいですよ私は。

●対談　品田遊×古賀及子　日記を毎日書くふたり

古賀及子（こが・ちかこ）
東京都生まれ。エッセイスト。2018年からブログで日記を毎日公開、2020年からはZINEで頒布。“日記エッセイ”の書籍として『ちょっと踊ったりすぐにかけだす』『おくれ毛で風を切れ』がある。

目的なく日記を毎日投稿しているのって怖いですよね

●古賀及子（以下、古賀）　日記の本を出してから、すっかり日記枠の人になってしまいました。品田さんは、そもそもどうして日記を書き始めたんですか？

●品田遊（以下、品田）　Twitterに140字以内で自分の考えを書くことに自分が慣れ過ぎてしまっているなと思ったんです。拡散に直結しないような場所で、画用紙に描くような散文を好き勝手に書きたくて始めました。最初は不定期で書こうかなと思っていたけれど、そうすると今日は書く日、今日は書かない日って頭で考えなきゃいけないから、毎日書くより難しいんですよね。毎日なら頭じゃなくて身体で書けるんです。古賀さんはずっと日記を書かれていたんですか？

●（古賀）　紙の日記を書いたことは1回もないんですよ。インターネットで日記を公開するようになったのは、きっと三日坊主で終わるだろうけどやってみようという軽い気持ちだったかな。日記を毎日公開することでどうなりたいという目的も、はじめはなかった。目的がないのに毎日日記を書き続けていることって、客観的に考えると怖いですよね。

●（品田）　そうですよね。日記を始めて半年ぐらいのときに、何のためにやっているのかは不問にしようと決めたようなところがあります。目的を定めちゃうと観光名所を巡る旅行みたいになってしまう気がして。「謎に日記を書いている」という設定にしてしまおうと。「前提として、こいつは毎日謎に日記を書いている。そして……」のもう「そして」だけ考えるようにしちゃおうかな、と。

●(古賀) それは、身体で日記を毎日書き続けていることに繋がるような気がします。

●(品田) 食事の記録をとったり体温を測ったりするのと同じ感覚で日記を書いているのかもしれません。そうすると、明らかに体調の悪い日がわかるんです。誤字脱字が明らかに増えたり、内容も暗い方向に行きがちだったり、自覚できないバイオグラフィーのようなものが文字に反映される気がします。古賀さんもそうですか?

●(古賀) 私は毎日絶好調なんですよ。日記を書くようになったら、毎日書かないと書けないなって私も気づいて、毎日書くようになったらどんどん上手くなって。私はそれまで上手くできることがなかったんです。スポーツも語学も苦手だし、勉強もできなかった。でも日記だけはすごく上手く書けるなって気づいたんです。よく誰でも1個は上手くできることがあるって言うけれど、私はそれが日記なんじゃないかと思うぐらいに。私にとっては自分を奮い立たせるものになっています。こんな日もあるけど、私、日記は上手く書けちゃうんですけどねってすごく元気になる。

●(品田) 私は逆ですね！「自分はもしかしたらすごいのではないか」って気持ちが、日記を書くことで完全になくなりました。同じことをしているのに……。ただ、そのおかげで自分に変な期待をしないで済むようにもなりました。毎日テキストを打っていたら7日間の平均はこれくらい、1年の平均値はこれくらいってわかってくるので。その平均値が65点だったら、200点とか300点を出せる日はまあない。だからラクになったという面もあります。

●(古賀) もっと面白くならなきゃと思わなくていいってことですね。私はもっと上手くなろうとしているし、なっている実感があるんですよね。でもそれは、それくらい日記に縋《すが》って、日記というブイに摑まっているからそう思っちゃっているのかもしれないです。

面白いことをこれから言うんですけれど……、私、私自身に日記をつけていることを秘密にしているんです。

●(品田) 面白い！

●(古賀) そうでしょ。私は私が家族とどんなコミュニケーションをするか、どんなことを考えているかっていう在り様を観察して日記を書いている。私に日記を書いていることがバレると邪念が生じて演じ始めちゃうから、秘密にしています。

●（品田）その捉え方も私と逆です。私の日記は邪念が書いています。流れゆく時間を生きている自分というものが希薄なんですよね。たとえば、映画を観ている間もずっと感想を考えているので、その映画を観ているときに自分が何を考えているのかわからない。今まさに目の前で生成されている現実に何かを思っている自分は空洞なのに、それについて書こうとしている自分は滅茶苦茶活発に動いていて、変だなあと思います。

人間に残された価値は、迫力です

●（古賀）あの、感情に興味はないですか？

●（品田）興味はあります（笑）。でも、記憶のなかに感情が残らないんです。あのときムカついたなみたいなことが。こういう事件があったよということ自体は覚えているけど、それに立ち会ったときに自分のなかにどういう感情が生じたのか、これが謎なんです。

●（古賀）事象についてだけロジカルに考えているってことですよね。その感じはすごく日記から伝わります。品田さんの日記を読んでいると、舞台装置を見ているかのようだと思うんです。日常会話はアルゴリズムで成り立っているんじゃないかというようなことを日記でも書かれていたけれど、「会話や行動は結局のところ演技なんだ」という気分が端々に表れているような。

●(品田) そう言われると、そうかもしれないです。私自身がパターンのなかでどうにかコミュニケーションをやり繰りしているから、このパターンが生じればこういう感情が生まれいずるみたいなことに興味があるし、そういう見方をしちゃうんですよね。

●(古賀)「何を見させられているんだろう」って慣用句があるじゃないですか。そういう根本的な「やらされている感」をお持ちなんじゃないかって感じがします。誰かにやらされているんだけれど、どう動くか考えるのが面倒くさいからそれに甘えてそのように受け答えをして体を動かしているみたいな。陰謀論ではないけれど、陰謀に操られている感じ。言うなれば、「1人で勝手にディープステート」(笑)。

●(品田) すごく人聞きが悪いですね(笑)。でも確かに、私はいまだ記述されたことがない世界のシステムを、何故か日記のなかで暴こうとしているのかもしれません。古賀さんの日記にはその日記に書かれなければ記録に決して残らないような、システムの外の「あわい」の部分がいっぱい書かれていると思うんですけれど。

最近「システム」を感じたことがあるんです。エアコンの調子が悪くて室外機の裏側を見てみたら、カチカチに凍っていたんです。お湯をかけたり段ボールで削ったり頑張ったんですけれど氷は全く剝がれなくて。検索してみたら「冷房をつけよ」と書いてある。エアコンというものは熱を分ける機械だから、冷房をつけたら室外機からは暖かい空気がでます、と。「なるほど！　こりゃ良いシステムだ」と思って実際にやったら効果てきめんで、「これからは冷房だ！　冬の冷房こそがソリューションだ」と感動して日記に書いたんです。そしたら、2年前にも全く同じことをあなたは書いていますってコメントがついて（笑）。読み返したら本当だった。なんだかその気づきもまたシステムだったのかって怖くなっちゃって……。私は本来であれば日記に人生のあわいを書こうとしていたのに、「刺激を与えると私の思考はこうなります」というパターンの記録になってしまっているじゃないかって。

●（古賀）　それは生活を記録するという、日記のもうひとつの側面なのかもしれませんね。毎日実直に書けば書くほど人にも自分にも、自分というものがわかる。数年続けたからこそ、2年前にもやっていたということがわかるんですよね。私の場合は、子どものことを書いているじゃないですか。子どもって育つんですよね。だから同じことを繰り返すというわけではないところが違うかもしれません。

●（品田）　日記って今後もずっと続ける予定でいらっしゃるんですか？

●(古賀) そうですね、子どもが巣立ったら、中年の日常を書き続けるしかないんだけど。最近はもう子どもがあまり家にいなくなって、そうしたらラジオで聞いたこととかを書いちゃっていますね。

●(品田) それいいですね。人が見たテレビの話をその人から聞くのが、私結構好きなんですよ。何なら実際に見るよりも口伝《くでん》で聞く方が面白い。

●(古賀) 確かにそれは絶対そうですね。今後は見たもののことを、胸をはって書いていこうと思います(笑)。

●(品田) 同じラジオの感想でも人によって違って、それが面白いのってその人のその人らしさが面白いということなんだろうなと思います。日記って、内容はもはや大事じゃないのかもしれない。前作の『キリンに雷が落ちてどうする』を全部AIに読ませて、「私っぽい文章で新しい日記を書いてください」と指示を出したら、想像以上に自分っぽい文章が出てきたんです。私の文章にはどういう癖があるかと聞いたら、「こういう接続詞を使いがちで、一文が長くなりがちで、判断を留保しがち」とか、あまり言われたくないことまで理路整然と指摘され、あまつさえ「これを満たせばあなたらしい文章になる」というリストまで書かれちゃったんです。泣きそうになりながらも、しょうがない、これが自分の成分表なんだと受け止めました。私の日記を読んでくれている人はまさにこの癖を読みたいと思って読んでくれているんだろうし。

●（古賀） 私の日記をAIに読ませたら、存在しない肉体が生活をするんでしょうね。もはやそれを脚本として演じちゃうかもしれない。お前らに合わせて現実を演じるっていうぐらいしかAIに一矢報いる手段はないかもしれないですね。それでやっと、「ざまあみろ」って感じがするな。

●（品田） AIは結局誰にでもなれるっていうことが弱点なんじゃないかと思うんですよね。「こちとらこう生きるしかないんだ」という覚悟の迫力が人間にはある。そろそろ欠かさず日記を書いて2000日を超えるんですけれど、その迫力ってあると思うんですよね。実力は才能や環境に左右されるところがあるけれど迫力は誰にでも出せるし、誰にも真似できません。実力はシステムとテクノロジーが成り代わっていくと思うから、あとは迫力です。取り返しのつかないことをするんです。

●（古賀） 良い言葉を聞きました。続けると出てくる迫力は、誰にも出せるきらめきですね。

これを今日としようって思う

●(品田) 日記を毎日つけていると、こんなことはもうなかったことにしたいみたいなことも等しく記録されていってしまうわけじゃないですか。それは受け入れられていますか。

●(古賀) 私はうわって思うことは書かないことにしているんです。「日記」というものが、そもそもこっそりノートに書く秘めたものだとすると、公開する時点で、それはもう「日記」ではないのかもしれなくて。実はそれほど真実性には重きを置いていません。辛くて悔しくて悲しかった日も、嬉しくて楽しくて優しいことを書くことに一切躊躇《ためら》いがないです。私は、日記のことをきわめて文芸だと思っているんです。文芸であり作品である以上、真実味に対して従順である必要はないと思っている。でもそれで「日記」として出すと、読む人との間に齟齬《そご》が生まれてしまうかもしれなくって、そことはそれなりにバランスを取っているつもりではあります。プロ日記書きとして(笑)。

●(品田) 日記って「赤裸々たれ」っていう圧力がありますもんね。

●(古賀) ありますよね。真実たれ、赤裸々たれ。歌手が上手に歌い上げ、芸人がすべらない話をするように、私も日記を書きたい。後付けですが、私は日記を書く動機としてかっこよく書きたい、ハッタリを効かせたいと思っています。
●(品田) ただ実際にあった事実を羅列すると、なんだか本当じゃないなって感じるんですよね。かっこよく書けたときに、よし、これが本当な気がする、これを今日としようって思う。その権利は自分にあるから。
●(古賀) それは絶対そうな気がします。もし私にすごく想像力があって、現実以外の魅力を紡ぎだせるんだったら全部嘘でも良い気がするくらいです。
●(品田) 私も全部フィクションの日とかあります。そういう日は家から一歩も出ないで、出前館でご飯を調達してインターネットをずっと見ていた日だったりする。嘘なんだけれど、一番その人の本当のことを見せてもらえている気がする文章ってありますよね。
●(古賀) 真実を書いたからってその人が一番よく見えるわけではないですもんね。じゃあ、日記ですと言っているのは、毎日書いていますというだけなのかもしれないですね。
●(品田) 確かに。「日々を記す」で日記ですもんね。私は、自分の私的な部分には関心が向いていなくて、人に見せる接点を集めた線だけが自分だという気がしています。だから、人に見せる要素を一切排して、ただただ記すというのはできない。古賀さんは暮らしを書いていらっしゃるから自分とは違うのかと思っていたけれど、人に見せることを前提にかっこいいものを書きたいという意気込みがあるんですね。その意気込みがあるという点に、今すごく感銘を受けています（笑）。やっぱり意気込みで書いていいんだ。

●（古賀） 一般的に自分の有り様を記録して保存しておこうというものが日記だと思うんですけれど、私もやっぱりそこからは外れていますね。

●（品田）「現在」の現在性へのアプローチは、古賀さんと私で外側と内側という感じで対照的ですが、それを表現する姿勢については結構近いのかもしれませんね。

●（古賀） それって公開を前提に書いているところが大きいんですかね。

●（品田） 公開しないと続かないですか？

●（古賀） 続かないですね。やっぱり、上手く書けたから見てほしいという気持ちはあるかな。品田さんはそういうところはなさそうですね。

●（品田） そうですね。人に褒めてもらうともちろん嬉しいんだけれど、この人たちのために書くぞとはならない。「間違ってなかったんだ。じゃあ、やるか……」とほっとする感じです。読者の喜ぶ顔を見たいというわけではないのに、公開を前提としないと書けません。

●（古賀） 私も、上手く書けたから見てほしいんだけれど、その先に「上手く書けたね、えらいね」と言われたいわけではないです。

●(品田) 案外、そういう人は多いのかもしれないですね。

●(古賀) ウェブ記事を書いて載せたいけれど、リアクションは別にいらないってよく聞きます。褒めすらもいらないという方にも会ったことがある。ちょっとその気持ちは分かります。ジャッジされたくないという根源的な希望でしょうか。

●(品田) 「そこで座って見ててください」という……こう表現すると不遜ですが。承認欲求とも違う、まだ名前のない欲求かもしれないです。

●(古賀) 承認欲求という言葉が生まれて、そういう「ただ読んでほしい」感覚がないがしろにされているような気がしますね。承認されたいわけではないけれど、外に出たいという欲求は、結構多くの人が持っているものかもしれない。

●(品田) なんとなく、ここ数年で日記を書く人が増えた気がします。

●(古賀) 書かなきゃって追い立てられるように書いている人もいる気がします。書ける場所が沢山あるのに書いていない自分に余白を感じちゃうのかな。空欄は埋めなくてはいけない、記録をしないと脅かされるような気持ちが人々にはあるんじゃないかっていう気がする。

●(品田) それは感覚としてわかります。あたり一面「表現物」の外圧でいっぱいだから。内圧を上げてパンパンにしないと押しつぶされてしまいそうっていう。ツイートに付くリプライは下に重りをぶら下げられているような気がするし、引用リツイートは上に乗っかってくる感じがする。でも、このラインは自分の領域ですから！ という場所を持ちたくなります。古賀さんの日記も、Twitterとかに分けて書いたら反応は全然違うと思うんですよ。

●（古賀） 日記を公開せずに内側に書き溜めて、一部だけツイートにするということをやったことがあります。そうするとすごい怒られることもありました（笑）。短文では伝わらない文脈があるからっていうのももちろんあるのでしょうけれど、個人ブログは圧倒的に安全な場所ですよね。

人間が寝るときと起きるときって面白い

●（古賀） 品田さんの日記は寝る前に書いたことが一読してわかる自由さがあるなって思います。

●（品田） 日記というより24時に考えたもの集になっていますね。時系列順に記憶が構築されていなくて、気づきの点で記憶が構築されているんです。そういう風にしか私は書くことができない。

●(古賀) じゃあ、朝起きたところから寝るまでを時間の流れに沿って書くことはできない？

●(品田) そうですね。何食べたかもわかんないですね。いや本当にわかんないな。バナナ？ バナナは昨日か。いやバナナじゃないな。今日は食べていなかったです。いや、あ、パン食べました。今日はパンです。

●(古賀) パン食べたんだね(笑)。気づきをメモに取ることはないんですか？

●(品田) メモはしますね。今日は「黒マントと食パン」って書いてますね。今日この対談のために会社を出たら、女の人がほぼマントと言えるぐらい丈の長い真っ黒でかっこいいコートを羽織って、右手にでっかい食パンを1斤持って歩いていて、なんかすごくカッコいいなと思ったんです。このメモでいうと、黒いマントを羽織った女性が食パンを持っていた光景だけが点としてあって、その周りがぼやっと明るくなっている記憶だけがある状況なんですよね。ライン状に明るくはならない。

●(古賀) 私は、朝起きてから昼あれがあってこれがあってというようにラインで思い出して日記を書きます。点だと際立っていないと書けないから、点で書く方が難しいですね。

●(品田) 当たり前すぎて気づかなかったんですが、古賀さんの日記は時間が出来事を1本に貫いていますね。私の場合はトピックが3、4個あって相互には関係ないんです。
●(古賀)　最近は箇条書きのトピックで書く人も増えましたね。
●(品田)　文頭に「・」をつけて羅列するスタイルですよね。あれ、私が広めたという自負があるんですが……。
●(古賀)　そうだと思います。
●(品田)　日記にはエッセイ的な人とコラム的な人がいて、私はコラム的なんですよね。
●(古賀)　私はエッセイ側ですね。エッセイとして日記をやろうとしたとき、起きるときと寝るときって「書きしろ」があるんです。起きるとき寝るときって動物的だから観察しがいがすごくある。睡眠って変な行動じゃないですか。人間って結局寝るってことが面白いって思うんですよね。もちろん寝られないとかで苦しんでいらっしゃる方も沢山いらっしゃると は思うんですけれど。例えば「大好き！　愛してる！」とか言って恋人と盛り上がった日も結局は帰ってスヤーって寝るわけじゃないですか。それってすごくいいなって。劇的なことの裏にある日常みたいなものが、朝から晩までをさらうと炙り出てきて面白いなって思います。
●(品田)　私のベッドには「P」の形をした枕が普通の枕と別にあるんです。枕を高くしたいときは普通の枕にP型の枕をオンしたり、首が疲れてきたら外してお腹の上に置いたりしています。そして目を閉じて「これを猫だと思い込もう」と考えているんです。今は枕としか思えないけれど猫だと錯覚する瞬間をキャッチしようって。

●(古賀) すごくドラマチックですね。やっぱり変なこと考えているんだな、人間って。私、辻褄《つじつま》の合わないことが好きなんです。うちは3人家族なんですが、ふたりで話していたら黙っていた3人目が全然関係ないことを急に思い出して叫んだりする。そういう辻褄の合わない瞬間が表れるところがすごく好きですね。不条理劇みたいにフィクションで描かなくとも、日常で不条理な瞬間が立ち現れる瞬間を書き留めておきたいという気持ちがあるのかもしれないです。

●(品田) いいなあ。不条理なことは好きなんだけれど、自然にそういう瞬間を摑むセンスはあんまりないんですよね。内向きに、事象を分析する方向に考えてしまいがちなので。それがコラム的な感性ということなのだろうと思います。エッセイ的な感性が羨ましい。

●(古賀) それが魅力なんですよね。私の代わりに、いちいち考えてくれるというのは頼もしい。

結局ここっていうものがあるのかもしれない

●(品田) 日記以外のテキストを書くときに、書き方は変わりますか。

●(古賀) そうですね。日記はすごくラクで、時間がかからないけれど、エッセイはしっかり頭の筋肉を動かして書くという気がします。日記とエッセイの違いは、エピソードと論考だと思っていて。エピソードを厚めに書く、そしてそこにどういうロジックがあったのかを書くっていうことがエッセイなのかなと思っています。だから昨日起きたことをただ書くということとは違って、もっと昔のエピソードも入れたり、1ブロックで書きがいのあることをエッセイでは書く。

●(品田) 私は依頼されたテキストを書くときも日記を書くときも全く同じ書き方をしていますね。やっぱり、私はずっとコラムを書いているんだな。普段の日記は眠さという制約もあって短く散らかりがちになるけれど、基本的な話運びの考え方は商業的な文章でもあまり変わりません。「こういう事象に出会った、これは一体何だろう」という。気づいた1：考えた9だから、日記なのに静的なんです。

●(古賀) あー、確かに！ 時間が流れていないんだ。最初『キリンに雷が落ちてどうする』

を完全にコラム的に読んでいて、これ日記だったんだってことを今回の対談にあたって思い直したんです。本にするときにコラム的に読めるようにしているのかな。

●（品田）そう、本だとさらに手を入れていますからね。いつもの日記を縦書きの書式に流し込むと一気にカッコ悪くなる気がするんですよ。縦書きの文章にはそれにふさわしい格式が要求されてる気がして。「おめかし」をしなきゃいけないぞって思って加筆修正するから、ますますコラムに近づく。捏造《ねつぞう》というと人聞きが悪いですが、実質的には同じことかも。

●（古賀）捏造（笑）。でも考えの中心部分は変えていないですよね。夜の「もう眠いアカン」っていうときにそれなりの分量を書かれたりもしているじゃないですか。すごく考え抜いたようなことも。ウェブに載せている日記も後で読み返して書き直しますか？

●（品田）それは全くないですね。明らかな誤字脱字は直すこともあるけれど、基本的にはそのままです。そもそも、本にするタイミングでも来ない限り、全然読み返さないです。自分の文章を読むと体調を崩すくらい嫌になっちゃう。なんてつまらないことを書いているんだろうって。私にとって面白いことって、私が知らないことだけなんです。自分の書いたことは知っているから、面白いとどうしても思えなくて、粗ばかり見えてしまう。客観視できないんですよ。

●（古賀） その発想はなかったですね。私も読み返さないんですけれど。

●（品田） それは、カッコいいからですか？

●（古賀） そうですね。無頼派みたいな（笑）。

●（品田） 私の読み返せなさには病的なものがあるのかもと思うことがあります。鏡も見られないんですよね。自分自身のことを考えたり見たりするのが昔から嫌なんです。過剰に意識しているのかもしれませんね。

実家に帰ったときに、小中学生のときに書いた作文を発掘したんですけど、読み返すことがすごくきつかった。今と文章力がほぼ同じで、今日の日記に載せてもわからないような文章を小学生のときに書いていたんです。自分は、ずっと同じラインを飛んでるんだなって。

●（古賀） それが、品田さんの「カンストしている」っていう気持ちにつながっているのかもしれないですね。私はすごく成長していると思うんですよね。子供のとき本当に何もできなかったから。

●（品田） そんなにですか？

●（古賀） 英検4級に落ちたって話、もうしたっけ？

●（品田） 自慢話みたいに（笑）。

●（古賀）それくらい劣等感が大きかったから、達成感を人よりも実感しているのかもしれません。
●（品田）私は早熟で、何においても最初のほうは成績が良くてゆるやかに下降していく感じだったから、着実な成長を経験したいなって思いますね。
●（古賀）最初から成長していた人が私は羨ましかったけど、そういう君たちは成長の実感がないのか。ちょっと、胸がすきました（笑）。
●（品田）だから今、妙に作曲がしたいんですよ。やったことがないぶん、成長できるんじゃないかって。今抱えている文章の仕事が行き詰まっているから、逃避したいだけなんですけど。
●（古賀）私は何か新しい分野に挑戦して成長できるという自信が一切ない。だから「日記という分野で成長できて、あんた良かったね」って自分に思ってます。
●（品田）仕事のために「小説家です」という顔をしないといけないときがあるんですけれど、今のところ私は結局こういうコラム的な日記が一番手に馴染むんです。小説を書きましょうよと言われて打ち合わせをしたりするけれど、進まなくて。自分は「日記の人」なのかもと思うときもあります。

●（古賀）　文筆の道は「結局ここ」というのがあるのかもしれないですよね。私の日記はどういうわけか歌人の読者の方が多いんです。だから短歌をやってみたらって言って頂くことがよくあるんですけれど、やっぱり難しくて。全然無理というか、努力ができないというか。

●（品田）　日記には努力がいらないんですかね。

●（古賀）　そうですね。そのうえ成長の実感があるし、好きだし。

●（品田）　私も、コラム的な日記なら、いくらでも書けますね。

●（古賀）　すごいですね。それが高い精度を出しているというのは幸運ですよ。

●（品田）　日記が「ここ」なのかはわかりませんが、とりあえず好きでよかったなと思います。

おわりに

衝動買いが好きだ。というか、大抵の買い物は衝動買いになってしまう。

2年ほど前、とあるクラウドファンディングが目にとまった。海外の新進気鋭メーカーが手掛ける電子機器。今出資すれば割引で購入できるうえ、一般発売よりも早く手に入るという。少し悩んですぐ出資した。滞りなく製造が進めば夏頃には完成し、発送されるという。楽しみだ。

メーカーからは定期的に「活動報告」と題したメールが送られてくる。「製造は滞りなく進んでいます」「現在、最終的な調整とセットアップの段階です」「みなさまにこの製品を届けられる日を、一同楽しみにしています」そんな内容だった。

発送予定日まで数週間を切った頃、こんなメールが届いた。

「想像以上のご支援をいただいたことで量産に時間がかかっており、予定日までに配達できない可能性があります。少しだけお待ちください」

なるほど、まあそんなこともあるだろう。私は到着を待った。本来の発送予定日をさらに数週間過ぎてから、ふたたび「活動報告」が届いた。

「製品は現在量産中です。ただし、ソフトウェアの品質をさらに上げるため、さらにもう少しのお時間をいただくことになります。現在は最終段階に入っています」。添付された写真には、工場で製品を量産する作業員の姿が映っていた。さらに遅れるらしい。そして2ヶ月が経過した。本来は夏頃発送の予定だったが、すでに年末に差し掛かっている。

「遅れて申し訳ございません。今月末には納品できる見込みです。ただし、12月は物流が変動するため、配達が遅れる可能性があります。何卒ご理解ください」

だが、年が明けても音沙汰はなかった。3月に入ってようやく「活動報告」が届いた。

「ご辛抱いただきありがとうございます。発送までもうすぐのところまで来ております」

どうやら今はソフトウェアのデバッグをしているらしい。それから1ヶ月経った。「活動報告」にはこうあった。

「問題解決の最終段階において、いくつかの問題が見つかりました。最初からやり直す必要がありますが、そのためにはより多くの時間が必要となります。　敬具」

それから数ヶ月おきに届いた「活動報告」を時系列順に並べると、概ねこうなる。

「現在、デバッグと再設計は60％完了しました」

「私たちはシステムの再設計と最適化の最終段階にあり、まもなく統合とデバッグの段階に入ります」

「現在、システムの統合とデバッグの段階に移りました」

「デバッグを経て、エラーは減少しました。デバッグ作業は約40％完了となっております」

「デバッグの結果、大きな不具合が見つかったため、再設計をやり直します」

すでにこの時点で、当初の発送予定から1年半が経過している。しかし、私に怒りや失望はなかった。むしろ「このまま永遠に遅れ続けてくれ」と思うように気持ちが変化しているくらいだった。

このときの私は、本書の執筆が行き詰まっていた。何もできないまま過ぎ去っていく時間、どこまでもずれこむ出版スケジュール。同じく開発が遅々として進まないベンチャー企業に仲間意識を抱いたのだろう。遅れた期間のぶんだけ私自身も許されているかのような、身勝手な錯覚を覚えていた。なにしろ向こうは数千万円を集めておいて何も送らず平然としているのだ。

2024年。久しぶりに「活動報告」が届いた。私はいつものような遅延報告を期待してメールを開いた。しかし、そこに書かれていたのは予想外の文言だった。

「度重なる開発遅延のお詫びと、返金のお知らせ」

長々と綴《つづ》られたメールには、希望者に出資費用を全額返金する旨が記されている。製品開発は続けるとのことだが、これは事実上の白旗だった。

呰が落ちた。敗北という形であれ、彼らは時計の針を動かすことを選んだ。

『納税、のち、ヘラクレスメス』の本格的な製作はこの報《しら》せとともに始まった。止まった時間の中で保留を繰り返す仲間はもういない。そう思うと「もう、書くしかない」という気分になったのだ。

『キリンに雷が落ちてどうする』に続く本書は、私の力だけでは完成させられなかっただろう。度重なる遅れにもかかわらず根気強く粘ってくれた担当編集氏、対談を快諾してくれた古賀及子さん、そして日記の掲載元である「ウロマガ」の読者のみなさんの後押しがなければ、確実に私はくじけていた。そして私と同じような「なんかできない」を抱えながら諦めたり諦めなかったりする人々。彼らがいなければ、私も時間を進めることができなかっただろう。

その全員に感謝を申し上げます。

追記　返金されるはずのお金が、約束の日を過ぎても振り込まれていない。まだ呰は落ちていない。

本書は、2018年6月7日から2024年4月30日までの「居酒屋のウーロン茶マガジン」（https://shinadayu.com/）から日記を抜粋し、加筆修正のうえ、再構成したものです。

品田遊（しなだ・ゆう）
東京都生まれ。作家。ダ・ヴィンチ・恐山名義でウェブサイト「オモコロ」を中心にライターとしても活躍。2015年、JR中央線を舞台とした短編小説集『止まりだしたら走らない』でデビュー。著書に『名称未設定ファイル』『ただしい人類滅亡計画　反出生主義をめぐる物語』『キリンに雷が落ちてどうする　少し考える日々』がある。

納《のう》税《ぜい》、のち、ヘラクレスメス
のべつ考《かんが》える日《ひ》々《び》

2024年9月30日　第1刷発行
2024年10月30日　第2刷発行

（著　者）品田遊

（ブックデザイン）森敬太（合同会社 飛ぶ教室）
（装画・漫画）山素

（発行者）宇都宮健太朗
（発行所）朝日新聞出版
〒104-8011
東京都中央区築地5-3-2
電話 03-5541-8832（編集）
03-5540-7793（販売）

（印刷製本）株式会社 加藤文明社

Published in Japan by Asahi Shimbun Publications Inc.
ISBN978-4-02-251997-9

定価はカバーに表示してあります。
落丁・乱丁の場合は弊社業務部（03-5540-7800）へご連絡ください。
送料弊社負担にてお取り替えいたします。

（好評第1弾）

『キリンに雷が落ちてどうする　少し考える日々』

ダ・ヴィンチ・恐山名義でライターとしても活躍する作家・品田遊が、1000日以上欠かさず発表してきた日記「ウロマガ」の書籍化が決定。品田遊の思考回路の軌跡を辿るぜいたくな一冊！　新鋭の漫画家・山素の描きおろし漫画も収録。

朝日新聞出版　定価：本体1600円＋税